alta///ar

NH

Novela Histórica

B Bruño

Director de Ediciones y Producción
J. Ramírez del Hoyo

Jefe de Producción
J. Valdepeñas Hernández

Coordinadora de Producción
M. Morales Milla

Directora de la Colección
Trini Marull

Diseño gráfico
Tau Diseño, S. A.

Enigma en el Curi-Cancha

Lista de Honor del premio CCEI 1990

Juana Aurora Mayoral

Ilustración

Alicia Cañas Cortázar

Taller de lectura

Antonio-Manuel Fabregat

© Juana Aurora Mayoral.

© Editorial Bruño, 1989.
Maestro Alonso, 21. 28028 Madrid.

Primera edición: julio 1989
Segunda edición: enero 1990
Tercera edición: septiembre 1990
Cuarta edición: julio 1991
Quinta edición: diciembre 1992
Sexta edición: junio 1994
Séptima edición: diciembre 1995
Octava edición: noviembre 1996

ISBN: 84-216-1115-1
D. legal: M.-39.304-1996
Impresión: Gráficas Rógar, S. A.

Printed in Spain

haz tu propio fichero

Juana Aurora Mayoral

◆ Nació en Villanueva de la Serena (Badajoz), y actualmente vive en Madrid.

◆ Cursó estudios de Magisterio y Psicología.

◆ Durante varios años se ha dedicado a la enseñanza.

◆ En su producción literaria se ven claras dos vertientes. Una de «fantasía científica», con libros como *El misterio de la aldea abandonada* y *La cueva de la Luna*. Y otra «histórica», en la que tiene obras sobre las altas culturas prehispánicas en América: *Hernán Cortés, La civilización inca, Los aztecas, La conquista del Perú, Lirios de agua para una diosa,* y ésta, *Enigma en el Curi-Cancha,* que en 1990 fue seleccionada para la Lista de Honor de la CCEI (Comisión Católica Española de la Infancia).

altamar

para ti...

*Otra vez nos encontramos,
desde las páginas de un libro,
trasladándonos juntos a otro espacio
y otro tiempo.*

*En esta ocasión, deseo transmitirte
toda la fascinación que siento
por una civilización, la inca,
y por las personas que la hicieron posible.*

Disfruta con su lectura.

Para Juan, mi marido;
y para Esther, Ruth y David, mis hijos.

Porque son mis mejores amigos.

Introducción

Los incas, linaje de príncipes y reyes, dominaron un vastísimo y poliétnico Imperio que, en tiempos del undécimo Emperador, Huáyna-Cápac, abarcaba desde Colombia hasta Chile, pasando por Ecuador, Perú, Bolivia y Argentina.

Esta dinastía se llamó creadora de una de las más opulentas y grandiosas culturas que conoció el Continente. Pero la Historia y la Arqueología han demostrado que no fueron sus creadores sino organizadores, si bien magníficos, de las culturas que les precedieron.

Estas culturas que conformarían su herencia, fueron las de Chavín de Huántar, Mochica, Paracas, Nazca, Tiahuanaco y Chimú. Aunque ellos intentaron ocultarlo, haciendo una manipulación selectiva de la historia; la chimú —del reino de Chimor— fue la última que dominaron.

Los incas tuvieron su origen, al igual que el resto de las civilizaciones, en el mito y la leyenda; en ellos se entremezclan y dan lugar a varias versiones.

El Sapay Inca —Inca Supremo— era un todopoderoso monarca que se consideraba un hombre-dios, hijo del Sol. El Tahuantinsuyu, las Cuatro Partes del Mundo, el total de su Imperio, le pertenecía con todo lo que contenía: hombres, tierras y rebaños. La sociedad sobre la que gobernaba estaba fuertemente jerarquizada; sociedad piramidal en cuya cumbre estaba él, regida por un patrón decimal para facilitar los censos y estadísticas. Desde el «púric», campesino, trabajador varón, hasta el jefe, el «hono-curaca», que controlaba a 10 000 púric. Después, los Gobernadores, los Apo; y finalmente, el Inca.

Las dos fuentes de riqueza de que disponía el Imperio eran el hombre y la tierra. De tal manera que, el mayor pecado que podía cometer un campesino, considerado de «lesa» majestad, era la pereza; y podía por ello ser condenado a muerte.

Aglutinaron a los pueblos conquistados por la imposición de su lengua, el «quechua», al igual que los romanos lo hicieron con el latín.

Podemos ya resumir cómo eran estos fastuosos señores, dominadores de tan vasto Imperio:

- Desarrollaron un régimen político fundamentado en una base teocrática.

- Impusieron el «quechua» como lengua oficial en toda el área que dominaron.

- Manipularon la Historia, haciendo una selección de ella según sus conveniencias.

- Reinaron en un Imperio poliétnico.

- No conocían el caballo.

- No usaron la rueda dado su desconocimiento.

- Era un pueblo ágrafo —su historia estaba registrada en los «quipus», cuerdas anudadas por temas, en distintos colores.

- Su vida se desarrolló desenvolviéndose con un lujo delirante que contrastaba con la manera austera del pueblo llano.

- Reglamentaron, desde la risa hasta el llanto, la manera de vivir de sus súbditos.

- Se distinguieron del resto de las altas culturas prehispánicas por su genio organizativo.

- La nobleza, los incas, pertenecían a la clase elegida, pudiéndose alcanzar esta nobleza por varios motivos.

- Dieron una legislación a su Imperio.

Además fueron grandes tejedores; magníficos orfebres; exquisitos creadores en el arte plumario; increíbles ingenieros —los puentes colgantes sobre inmensos precipicios, las colosales construcciones y amplios caminos aún causan la admiración del mundo entero—; consumados arquitectos.

Sorprendentemente, la cultura inca llega a un paralelismo con el resto de las culturas del mundo: el telar de cintura; la forma de trabajar el oro; el teñido de los tejidos y su tratamiento; la invención del huso; los sistemas de regadíos; el sistema decimal..., sin tener ningún punto de contacto con otras civilizaciones. Lo que nos hace aseverar que el hombre, en cualquier lugar donde se encuentre, se comporta siempre de la misma manera. O, dicho de otro modo:

por las mismas pautas, ya que la inteligencia no consiste en la acumulación de experiencias sino en la creatividad necesaria para hacer frente a los problemas nuevos que se le plantean.

He querido presentaros aquí una pequeñísima parte de la vida de este pueblo. Muchos personajes: Huáyna-Cápac, Huáscar, Atahualpa..., son históricos, reales; lo mismo el contexto en que se desenvolvieron.

Los demás son producto de la imaginación; pero que muy bien pudieron existir y ser parte de la madeja de la historia que os presento.

Pero hay más, muchos más aspectos que os admirarían de poder conocerlos. Yo os abro el camino para que vosotros, por vuestra cuenta, podáis informaros. Y pensad una cosa: no se ama lo que no se conoce.

PASTO

QUITO

ISLA DE PUNÁ

TUMIPAMPA

TUMBES

HUANCABAMBA

CAJAMARCA

CHAN-CHAN

HUANUCO

BOM BOM

JAUJA

CUZCO

PARACAS

OCÉANO
PACÍFICO

--------- LÍMITES EXTERNOS
DEL IMPERIO

——— COSTA DEL
PACÍFICO

13

1

Extraño
descubrimiento

EL puente colgante sobre el río comenzó a moverse, lentamente al principio, se balanceó después con fuerza y, cayendo hacia un lado, arrastró el retén que lo sujetaba.

El joven Huamán miró con extrañeza. Desde el cerro donde se hallaba situado le había parecido oír un crujido seco; miró otra vez hacia abajo, ya que desde su posición no distinguía bien, mientras bordeaba a gatas el árbol desde donde hacía su trabajo de vigía. Se levantó de un salto, sujetó la honda de lana a su cabeza e inició una veloz carrera hacia abajo. Cuando llegó, observó cómo una de las cuerdas de cabuya (1) que sostenían la pasarela, y que era tan gruesa como su propio cuerpo, se había roto.

De una rápida mirada hacia el cielo pensó que el peligro continuaría en forma de tormenta. Un relámpago rasgó las apelmazadas nubes; el trueno que siguió le hizo temblar violentamente. Siguió otro más débil y se arrebujó en su túnica, aunque sabía que sería insuficiente para librarse de aquel aguacero frenético.

_____
(1) Especie de pita.

Después pensó que debía darse prisa; porque si alguien intentaba cruzar el puente por el otro lado, no se daría cuenta del peligro y se precipitaría contra el fondo del río antes de haber llegado al final. Además, se rumoreaba que el emperador Huáyna-Cápac pasaría pronto por allí camino de Cuzco.

Él solo no podría arreglarlo, se necesitarían varios hombres ayudados por llamas. Emprendió la marcha en dirección contraria mientras se sujetaba el cinturón a la túnica; subía jadeando, casi sin poder respirar, apartando con las manos las ramas bajas de los árboles que se interponían en su camino y que le azotaban violentamente sobre el rostro, debido a la velocidad con que ascendía.

Se paró y cerró los ojos, a la vez que aspiraba el aire por la nariz y lo expulsaba por la boca, de manera pausada, para recuperar las fuerzas rápidamente y seguir la marcha. De pronto, sintió que alguien lo empujaba violentamente, haciéndolo caer al suelo, sin darle tiempo a sujetarse; abrió los ojos y volvió la cabeza. La persona que lo había derribado no había reparado en él; caminaba apresuradamente, separando los obstáculos que se interponían en su camino con una maza. Las ramas caían bajo el duro golpe, emitiendo al troncharse un crujido lastimero. Cada vez que su brazo golpeaba, gritaba con rabia contenida.

—¡Masa Chupay, traidor! ¡Masa Chupay, traidor!

Huamán lo miraba con asombro. Se fijó con detalle en sus vestiduras y en su cabeza: sobre el conjunto sobresalían sus enormes orejas, en cuyos lóbulos iban incrustados dos enormes aros de oro y turquesas. Una de ellas aparecía desgarrada, como si no hubiera podido soportar el enorme peso de la joya.

El muchacho sabía lo que aquellas orejas significaban: era un inca, un noble. Se quedó perplejo. ¿Qué hacía un noble por aquellos parajes, sin ir montado en su litera?

No había pasado mucho tiempo cuando oyó pasos detrás de él. Se acurrucó detrás del árbol junto al que había caído. Una muchacha de no más de doce años apareció ante su vista; el acsu (1) lo llevaba desgarrado por varios sitios; portaba sobre sus hombros una capa que sujetaba con la mano izquierda, con la otra separaba las ramas. El pelo, endrino como la noche, alborotado sobre la frente; y las lágrimas mezclándose con la lluvia.

Con voz rota por el llanto, llamó desesperada.

—¿Dónde estás? Espérame, no puedo seguirte.

Sintió deseos de salir de su escondite y guiarla por el camino que había seguido el inca; con toda seguridad iban juntos. Pero el instinto de conservación, sin saber por qué, le hizo detenerse. Al intentar esconderse aún más debajo de las ramas, el chasquido de una de ellas al romperse hizo que la muchacha, que iniciaba la bajada, volviera la cabeza.

—¿Estás ahí?

Sus miradas se cruzaron un instante, el suficiente para que Huamán viera el miedo reflejado en su ros-

_____
(1) Túnica sin mangas que vestían las mujeres.

tro. No supo qué hacer ni qué decir. Oyó entonces, al fondo del barranco, la voz impaciente del inca.

—¿No vas a llegar nunca aquí abajo?

La muchacha desapareció velozmente, haciéndole dudar por un instante que su presencia hubiera sido una aparición.

Otro relámpago, que le hizo llevarse las manos a los ojos, le deslumbró momentáneamente. El trueno que siguió esta vez no le pilló desprevenido; aun así, le pareció que la cabeza le estallaba en mil pedazos. Cuando pudo reaccionar, miró hacia el puente.

—¡Por el dios Sol, no se les habrá ocurrido cruzarlo! No, es posible que se hayan dado cuenta; la cuerda de cabuya estaba suelta por este lado. Lo han debido ver. Y yo debo darme prisa; si traigo ayuda estará arreglado en pocos días.

Respiró con fuerza y siguió ascendiendo. La lluvia, mezclada con el sudor, empapaba todo su cuerpo. Sus viejas sandalias, hechas de cuero de venado, le pesaban como si de dos losas se tratara; se detuvo, arrancándoselas de los pies. Cuando iniciaba de nuevo la marcha algo se interpuso en su camino; allí, delante de él, había un hombre en el suelo. Estaba echado boca arriba; sus pies sujetos con unas cuerdas en cuyos extremos tenían unas bolas de metal. En el pecho tenía clavado un «tumi» de oro, el cuchillo que se usaba para sacrificar a las llamas; y un tenue hilillo de sangre brotaba aún empapando la túnica. Tenía los ojos abiertos y un rictus de dolor en los labios. En su mano sujetaba un alfiler.

Se acercó a él, inclinándose levemente, y observó la joya. Su madre también lo usaba, pero de cobre, y no estaba tan primorosamente labrado como aquél. Semejaba la cabeza de una serpiente, con los ojos de cuarzo rojo y pequeñas laminillas de oro en el centro, imitando una mirada fría y amenazadora. El resto era también de oro.

La fascinación que sentía le hizo retrasar la mirada a las orejas del hombre; y el susto que sintió le hizo levantarse de un salto: era otro inca.

—Si me ven a su lado pensarán que lo he matado yo; y el castigo será la muerte.

Temblando, inició de nuevo la marcha hacia la aldea. Poco a poco, el miedo se fue transformando en un sentimiento extraño que no acertaba a comprender. Al ver el alfiler pensó que había algo raro, ¿qué era?, ¿qué fue lo que había comenzado a pensar, que se había desvanecido de su mente, cuando miró la cara de aquel hombre y descubrió sus enormes orejas? Algo importante, lo sabía.

Intentó tranquilizarse, estaba seguro de que si lo pensaba despacio daría con aquello que le había llamado tanto la atención; ahora no quería preocuparse, la cabeza le iba a estallar. Por otra parte, ¿quién se habría atrevido a quitar la vida a un inca?

Se vio corriendo, asustado, alejándose velozmente del lugar. Llegó a la aldea cuando la tarde palidecía llenando de sombras los alrededores, dominando los contornos y deformando los árboles en mil caprichosas figuras, dando al lugar una apariencia de irrealidad.

Cuando llegó a su casa separó la manta que servía de puerta y miró hacia el interior. La otra manta que usaban de mantel ya estaba extendida en el suelo; sobre ella estaban dispuestos los platos de la comida, medias calabazas huecas llenas de alimentos.

Su padre, sentado de espaldas a su madre como era la costumbre, había comenzado a comer. En un rincón ardía un brasero que apenas iluminaba la estancia, y su olor se mezclaba con el de los alimentos; las llamas dormitaban perezosamente en un extremo de la cocina. Su madre levantó los ojos hacia él.

—¿Qué te ha pasado, Huamán?

La miró, confuso.

—¿Por qué me preguntas eso?

—Tienes el taparrabo manchado de sangre.

Se miró, no se había dado cuenta; debió ser al inclinarse sobre el inca para observar el alfiler. Otra vez le invadió aquel sentimiento extraño, de inquietud.

Su padre se dio la vuelta, dejando la calabaza sobre el suelo. Parte del maíz hervido que contenía se derramó sobre la manta; sólo pronunció una palabra.

—¿Sangre?

Huamán intentó evadir la pregunta.

—Padre, tenemos que avisar a los hombres de la aldea. El puente se ha roto; la cuerda cuelga por uno de los extremos, con el peligro de arrastrar el otro retén por su propio peso. Debemos arreglarlo pronto.

Iré yo mismo al registrador para que lo anote en los quipus y envíe el mensaje al gobernador.

—Lo sé, Huamán; no tienes que enseñarle nada a tu padre Ayri —su voz denotaba una glacialidad inusual en él.

—Lo siento.

Se hizo el silencio; hasta ellos llegaba nítidamente la respiración de las llamas.

—Te he hecho una pregunta, hijo.

Bajó la cabeza. ¿Cómo iba a explicárselo a su padre? Tika Sumaq, la madre, se dirigió hacia la cuna del pequeño que había comenzado a llorar en el momento menos oportuno. La levantó del suelo y se la colocó sobre la espalda; el pequeño se fue calmando poco a poco. Cuando prestó de nuevo atención, Huamán le estaba contando a su padre no sabía qué rara historia sobre una caída.

—... y el pobre conejillo estaba en el suelo, tal vez herido por un rayo, y caí sobre él sin poderlo remediar. Cuando me levanté, observé que estaba muerto; me debí manchar el taparrabo en ese momento.

Tika Sumaq intuyó que su hijo mentía; el no saber la causa le llenó de zozobra. El padre volvió a sujetar el plato y acabó su comida. Después, se dirigieron al dormitorio, tendiéndose cada uno en la piel de llama que les servía de cama, tapándose con la manta de colores.

Al poco rato estaban dormidos.

Huamán se revolvió inquieto; le había parecido escuchar un tenue silbido fuera de la casa. Prestó atención y al momento el silbido volvió a repetirse. Con cuidado de no despertar a sus padres, ni al niño que dormía a su lado, fue desplazándose a gatas hacia la salida del dormitorio; atravesó la cocina y levantó la manta de la entrada.

Olía a tierra mojada; y las nubes habían desaparecido dejando asomar la cara redonda de la luna. Escudriñó los alrededores con la mirada.

—Eh, Huamán, aquí.

La voz de su amigo Mayta sonaba a poca distancia; se dirigió hacia él.

—¿Qué pasa, Mayta? Me has dado un buen susto.

—Escucha, el que está asustado soy yo. He esperado a que se durmieran mis padres para venir a hablarte.

Mayta era el hijo del «curaca» de Cajas, la aldea donde vivían. Tenía catorce años, su misma edad. Desde pequeños habían sido muy amigos; no había sido obstáculo el que Mayta fuera el hijo del jefe, quien, por imposición del Emperador, había tenido que aceptar una esposa de sangre imperial. Por ello, pronto habrían de separarse; el muchacho sería enviado a Cuzco, tanto para instruirse como para comprar la fidelidad de su padre, sirviendo como rehén.

—Yo también quería hablarte; pero empieza tú.

Mayta respiró hondo; lo que tenía que contar a su amigo era un secreto, pero no tenía más remedio que hacerlo. Si ocurría algo grave en la aldea, como él temía, tenía que saberlo; y prepararse contra cualquier peligro.

—Esta mañana, cuando el sol aparecía por el horizonte, vi que entraba en mi casa Chili, el sacerdote de la aldea. Lo había llamado mi padre. Estuvieron varias horas hablando excitadamente; mi madre fue requerida para servir «chicha» (1) en los vasos de oro que se usan en las grandes ceremonias. Lo que estaban debatiendo debía ser algo grave porque mi padre, al despedirse del sacerdote, lo convocó de nuevo para sacrificar una llama y leer en sus pulmones los acontecimientos que ellos preveían que iban a suceder.

Huamán contuvo la respiración; miraba a su amigo fijamente, sin pestañear. No quería perderse ni una sola de las palabras de Mayta.

—Esta mañana, a la misma hora, volvió a aparecer Chili, el sacerdote. Mi padre tenía en el patio de la casa, atada por las patas, una llama negra que, como sabes, son las que más agradan a los dioses. Ni una mancha, ni alguna otra deformación, rompía la salvaje belleza del pobre animal. Chili se dirigió hacia ella y hundió en su pecho el tumi (2) de oro y piedras preciosas que llevaba. Por allí extrajeron los pulmones; después de insuflar aire en ellos, el sacerdote leyó los malos augurios que ambos temían.

—¿Malos augurios?

---

(1) Bebida alcohólica, hecha con maíz fermentado.
(2) Cuchillo.

—Grandes guerras, dijo, asolarán el Imperio a la muerte de Huáyna-Cápac. Todos los pueblos tendrán que decidirse por uno de los dos herederos: Huáscar o Atahualpa. Y todo comenzará con la muerte de un noble enemistado con otro, partidarios cada uno de ellos de uno de los dos príncipes. Varios males caerán sobre nuestra aldea y...

—Sigue, ¿qué ibas a decir?

—Nada —miró a su amigo, sin querer continuar.

—Mayta, ¿tu padre sabe que tú estás enterado?

—No; pero esta noche, antes de acostarse, he oído cómo paseaba desesperado, creyendo que nadie lo veía, por el patio donde sacrificaron a la llama. Después vino a mi habitación y se sentó a mi lado; su rostro parecía haber envejecido muchos años. Acariciándome la cabeza me dijo, pensativo: «Mayta, ¿cómo voy a consentir que tú, mi único hijo varón, se separe de mí en estas circunstancias? ¿Cómo te voy a enviar a Cuzco?» Yo sabía lo que estaba pensando y de la manera que sufría, ¿qué puedo hacer, Huamán?

Estaba confuso, no podía pensar.

—Ven conmigo, Mayta; faltan varias horas para que amanezca. Tu padre tiene razón; voy a enseñarte algo, por el camino te lo iré contando.

Iniciaron la marcha hacia el puente. Huamán le fue relatando lo que le había sucedido por la tarde. Llegaron al lugar donde había visto al inca; Mayta miró, sorprendido.

—No está, ¿no habrá sido en otro sitio?

—No puede ser, estaba aquí mismo.

—Pues ha desaparecido; y los muertos no desaparecen solos. Huamán, ¿no estarás equivocado?

—Alguien se lo ha debido llevar.

—¿Y exponerse a que le echen la culpa de la muerte? No, es demasiado arriesgado.

—Te aseguro que no te he mentido.

Mayta movió la cabeza, con incredulidad.

—Volvamos a la aldea. Amanecerá pronto y tu padre se levantará para avisar al registrador e intentar arreglar el puente.

Huamán no entendía nada. ¿Quién se había llevado el cadáver? Porque él lo había visto allí, tendido, con los ojos desmesuradamente abiertos por el asombro, sujetando el alfiler de oro con la mano izquierda. ¡El alfiler! ¡Claro! Ya sabía lo que le había llamado tanto la atención, ¿cómo no se le había ocurrido antes? Aquello, precisamente aquello, era lo que podía dar una pista sobre la muerte del noble. Allí estaba la solución.

Excitado, le contó el descubrimiento a su amigo que lo miraba con incredulidad mientras volvían a la aldea.

2

El arreglo
del puente

AYRI despertó sobresaltado y miró a su alrededor. A su lado, su hijo dormía apaciblemente, y la cuna con el pequeño estaba en el lugar que la había dejado Tika Sumaq. Sólo esta última no estaba ya acostada sobre su piel de llama.

Hasta él llegaron los sonidos de la cocina; su mujer estaba preparando los alimentos que se llevarían hasta el puente: el trabajo prometía ser duro. Se levantó y avisó a Huamán:

—Hijo, falta poco para que amanezca; vamos, levántate.

El muchacho fingía dormir, pero en realidad había llegado un momento antes de que su madre se levantara. Fue un golpe de suerte el que su familia no hubiera notado su ausencia.

Se incorporó y buscó con la mirada la cornamenta de venado que servía de perchero; estaba situada en uno de los muros del dormitorio. Al tirar de su túnica, sus manos se encontraron con la capa de su madre y con el alfiler de cobre que ella usaba para sujetarla a sus hombros. Todos los acontecimientos del día anterior vinieron de golpe a su cabeza.

Salió a la cocina; su madre estaba arrodillada, inclinada sobre la piedra plana, moliendo el maíz para hacer pan.

Sin levantar la cabeza, comentó.

—Os he preparado ya los hatillos con la comida dentro y unas calabazas llenas de chicha. Sentaos los dos, antes de partir quiero que toméis algún alimento; lo necesitaréis para comenzar el trabajo.

Comieron con rapidez y salieron juntos de la casa para dirigirse a dar el mensaje.

Pangui, el viejo lector de quipus, los recibió sentado en la puerta de su casa. Sobre la cabeza, como identificación de su oficio, llevaba un tocado con una luna creciente de plata.

—Los dioses te protejan y alarguen tu vida, Pangui. Traemos un mensaje urgente.

El anciano atrajo hacia sí los quipus y preguntó concisamente.

—¿A qué se refiere?

—Al puente; se ha roto por un extremo.

Extendió el quipu y buscó el color de las cuerdas referidas a aquel tema. Ayri le fue narrando los acontecimientos mientras las hábiles manos del anciano convertían en nudos lo que le estaban contando.

Después mandó llamar a un correo chasqui y le entregó el mensaje dirigido al gobernador.

—«Huamán, hijo de Ayri, ha visto cómo se rompía el puente colgante de Cajas. Su padre, alertado por el valeroso Huamán, pondrá a trabajar a cincuenta hombres y treinta llamas. Dentro de doce días estará reparado.»

El correo partió a toda velocidad después de haber recibido el quipu. Llegaría en pocas horas a su destino; y todos los habitantes de los alrededores serían advertidos del peligro.

Huamán sonrió satisfecho. Era la primera vez que el gobernador recibiría un mensaje con su nombre; su padre había sido muy generoso y en vez de nombrarse a sí mismo, había citado a su hijo. La gloria de aquel descubrimiento le pertenecería a él.

Pangui dejó los quipus a su lado y cruzó las manos sobre su regazo; la entrevista había terminado.

Cincuenta de los más fuertes habitantes de la aldea recibieron la orden de dejar sus trabajos y, bajo el mando de Ayri, se dirigieron hacia el puente; Huamán fue el encargado de reclutar a los muchachos de su edad para ir a recoger la cabuya. Entre los elegidos estaba su amigo Mayta.

Se dirigieron juntos hacia el lugar donde crecía la planta.

—Ayúdame, Mayta. ¿Has traído el tumi?

Se acercaron a una cabuya y la seccionaron por la base. Las bellas flores de color café dorado se desparramaron a su alrededor; después extendieron a sus pies las hojas y con el cuchillo fueron eliminando la parte blanda del exterior y expusieron al aire la fibra interior para que el sol la secara. Con ellas los hombres hacían las cuerdas, retorciéndolas sobre sí mismas, después de haberlas alisado con un peine de bronce para eliminar los restos de pulpa verde.

Las plantas de cabuya no crecían muy juntas, así que podían hablar tranquilamente mientras trabajaban sin ser oídos por nadie.

—¿Se enteraron en tu casa de que habías salido?

—No. Pero esta mañana, cuando llegó el mensaje de tu padre, el mío me llamó para decirme que era el último trabajo que hacía para la aldea; había decidido mandarme a Cuzco.

—¿Por qué esa decisión tan rápida si anoche mismo lo dudaba?

—No puedo explicármelo; ni tampoco el que no me sorprendiera cuando volví. Estaba en la terraza de la casa, observando el firmamento. Esta mañana me dijo: «Mayta, no podemos variar los acontecimientos escritos en las estrellas. Si el destino tiene preparado algo en tu vida, sucedería lo mismo te encontraras donde te encontraras. Si vas a Cuzco, y estos acontecimientos tardan en llegar, estarás mejor preparado por tu educación para hacerles frente». Yo creo que tiene razón, ¿y tú?

Huamán no respondió.

—Además —continuó su amigo— pienso que, estando en Cuzco, podré averiguar algo sobre lo que descubriste ayer. A no ser que el ser que viste fuera un Sopay (1).

Se estremecieron los dos a la vez.

—¡Calla, Mayta...! Puede oírte alguien; no vuelvas a pronunciar ese nombre. No era un... «eso», era real; y estaba allí, muerto. Y si en realidad era un inca, lo que no se puede dudar por el tamaño de sus orejas, y lo ha matado otro inca, los augurios del sacerdote no andaban muy descaminados. Si pudiera acompañarte. Ya sabes lo que te conté sobre el alfiler de oro; ahí me parece que está la solución, ¿no crees?

—Sí, pero no puedes acompañarme. No puedes abandonar la aldea, no te lo consentirán; aquí has nacido y aquí morirás, así son las reglas del Imperio.

Huamán se revolvió por dentro; no lo creía justo. Miró hacia abajo, los hombres parecían hormigas, trabajando en fila, trenzando en equipo las cuerdas hasta ir formando otra igual que la estropeada. Hasta ellos llegaron los cánticos.

---

(1) Espíritu maligno.

¡Victoria, Victoria!
Aquí torciendo la cuerda,
Aquí la cabuya,
Aquí el sudor,
Aquí el afán.

La nubes cruzaban el cielo perezosamente dejando aparecer a intervalos el sol. La voz de su amigo, y la suya propia, se sumaron al coro de la respuesta.

¡Trabajad, hombres, trabajad!

—Nunca he entendido por qué tenemos que cantar mientras trabajamos.

Mayta le contestó con dulzura.

—Porque el trabajo es una ceremonia en honor de los dioses. Así, cantando, los tenemos contentos y nos devuelven con favores nuestro afán.

—Es posible; pero sigo sin entenderlo. Yo creo que es para que no podamos pensar.

Enfadado, sin saber exactamente el motivo, siguió trabajando al lado de Mayta, cortando con furia las hojas de cabuya.

*   *   *

Llevaban trabajando doce días, sin descansar nada más que para dormir y comer. La cuerda, de quince metros de largo, estaba prácticamente terminada. Varios hombres habían sustituido el retén caído por otro que tenía la misma misión: sujetar la gruesa maroma de suspensión.

Las llamas ayudaban cargando la cabuya desde el cerro donde crecía hasta la misma base del puente. Quedaba lo más difícil, que era transportarla de un lado al otro del río. Sólo hombres experimentados podían hacerlo. Ayri marchó en primer lugar.

A Huamán se le encogió el corazón, temía por su padre; aquél no era un trabajo fácil. Estaba, al contrario, considerado como uno de los más peligrosos.

Lo vio cruzar el río con otros hombres, iban sobre una balsa y sobre sus muñecas llevaban atados unos cordeles que más tarde les servirían como guías. Las aguas del río, como consecuencia de las lluvias torrenciales caídas días atrás, bajaban turbulentas. La balsa, aunque conducida por remeros experimentados, aparecía y desaparecía rítmicamente sobre las aguas, haciendo al muchacho perder de vista a su padre.

Mayta comprendía su inquietud; su amigo adoraba a Ayri. Si le llegara a ocurrir algo sería un duro golpe para él.

Los gritos de ánimo de los hombres que esperaban en la otra orilla para sujetar las guías, llegaron hasta ellos. Por fin la balsa alcanzó su objetivo y fueron sostenidas por manos expertas que las colocaron sobre las plataformas; las estiraron y las fueron afianzando, tensándolas todo lo que daban de sí para sujetarlas a los pilares de piedra, los nuevos retenes. Las partes que sobresalían quedaron atadas a los árboles próximos; y los extremos enterrados profundamente en la tierra con piedras apiladas encima.

Unos hombres se suspendieron de la gruesa maroma reptando ágilmente por ella y, con las cuerdas restantes, formaron huecos a todo lo largo, atándolas a intervalos, para poder suspender entre los dos grandes pasamanos las tablas que servirían de piso al puente.

Estaban a punto de terminar cuando una de las llamas, asustada por un grito cercano, inició una alocada carrera hacia el puente. Los dos últimos hombres, de espaldas a la entrada, no pudieron reaccionar a tiempo y, dando un escalofriante alarido, perdieron el equilibrio al ser empujados por el pobre animal, y se precipitaron con él al vacío. Las aguas engulleron sus cuerpos en pocos segundos.

Huamán corrió hacia el puente seguido de Mayta.

—Mi padre..., mi padre..., ha caído mi padre.

—No, Huamán, vuelve.

Ahogado por el sentimiento y la falta de aire, no oyó a su amigo; todo su afán era llegar al comienzo del puente lo más aprisa posible. Aquello era lo que Mayta no había querido decirle cuando le contaba los augurios leídos por el adivino en los pulmones de la llama; y aquello era que su padre moriría. Porque su padre era importante, un pachaca-curaca (1), y por eso los dioses habían escrito su destino aquel día.

---

(1) Funcionario que tenía a más de 100 hombres a su cargo.

Seguía ciego su camino, queriendo correr más que el tiempo, volar...

Uno de los hombres, alertado por Mayta, le cortó el paso zarandeándolo bruscamente. Intentó desasirse, pero aquellas manos eran como zarpas en sus hombros.

—¿Dónde vas, hijo?

Su padre lo sujetaba con fuerza, pero no le dio tiempo a verlo ni de ser consciente de lo que pasaba. Lentamente cayó al suelo desmayado por el terror.

*   *   *

Yupanqui, el padre de Mayta, decidió acelerar los preparativos para la marcha de su hijo a Cuzco. De vez en cuando lanzaba furtivas miradas a su mujer, que se deslizaba silenciosa por la casa, observándola con pena. Desde que le comunicó su decisión sobre la partida del hijo, hacía pocas semanas, había adelgazado visiblemente; y su rostro reflejaba la amargura que sentía.

Mayta había demostrado siempre un gran cariño hacia ella; nunca volvía a casa sin traerle un ramo de flores silvestres o, en su ausencia, alguna de las plantas medicinales que necesitaba.

Inspeccionó la canasta de mimbre donde el criado iba guardando las pertenencias del hijo: túnicas blancas como la nieve, cinturones de colores adornados con las flores que a él le gustaban, varios pares de sandalias, capas, hondas, un tumi de cobre y una macana hecha con madera de chonta. Además del escudo de la comunidad, con el dibujo que usaban los guerreros de Cajas: la cabeza de un ucumari (1) negro con círculos alrededor de los ojos. Cuando fuera un guerrero y lo pudiera usar, recordaría siempre su tierra y a su familia. No importaba lo lejos que pudiera ir, su hogar permanecería en el fondo de su corazón. A él le había pasado lo mismo. Hijo de un curaca, se había educado en Cuzco al igual que lo iba a hacer su hijo. Y la sola mirada de su escudo le había permitido no olvidar sus raíces.

—Padre.

Mayta se hallaba delante de él y en su rostro, afortunadamente, se leía la esperanza.

—Padre, ha llegado un correo chasqui con un mensaje para ti. Te espera en la puerta.

Atravesó la estancia seguido de su hijo y salió al patio central donde estaban los criados trabajando. Después levantó la manta de la otra habitación, donde recibía a las personas que deseaban hablar con él.

—Hazlo pasar, hijo.

Sus manos comenzaron a temblar; se sujetó una contra la otra para evitar dar a conocer su nerviosismo.

Al momento, el mensajero penetró en la sala. Sobre su cabeza portaba el tocado distintivo de su profesión: plumas de pájaro alrededor de una corona confeccionada con fibras retorcidas. Sin intercambiar nin-

---

(1) Oso.

guna palabra le entregó el mensaje anudado en el quipu.

Mayta no separaba los ojos de su padre y lo vio palidecer mientras pasaba rápidamente los dedos sobre las cuerdas para leer la noticia. Después se dirigió hacia el chasqui.

—Puedes marcharte; y di que quedo enterado de todo lo que se cuenta aquí.

El mensajero asintió con la cabeza y, dando la vuelta, levantó la manta de la entrada desapareciendo a toda velocidad.

—¿Malas noticias, padre?

—Ve rápidamente y di al sacerdote que venga. Desgraciadamente —dijo hablando en voz alta consigo mismo—, los augurios se están convirtiendo en realidad.

Cuando volvió Mayta con el sacerdote, su padre lo mandó salir de la estancia. Sólo alcanzó a oír su voz alterada hablando unos instantes; los suficientes para darse cuenta de la gravedad de la situación.

—Chili, viejo amigo, malas noticias me han llegado de Cuzco. Un noble, Masa Chupay, ha desaparecido misteriosamente; se le da por muerto.

Corrió a casa de su amigo Huamán; lo encontró en el patio pisando las patatas congeladas de la noche anterior que después se convertirían, por este procedimiento, en harina seca y blanca, el chuñu.

—Quiero hablarte, pero en un sitio donde no nos oiga nadie.

Tiró de su brazo mientras Huamán, saltando del montón de patatas, se disponía a calzarse.

—Espera, tengo los pies congelados; no puedo dar un paso.

—Haz un esfuerzo, no puedo estar mucho rato aquí.

Salieron al exterior.

—¿Qué nombre dijiste que aquel inca iba gritando, cuando bajaba la ladera?

—Masa Chupay, ¿por qué?

—Mi padre ha recibido un mensaje de Cuzco.

En pocas palabras acabó de contarle el extraño suceso.

—¿Crees que el inca muerto puede ser él?

—¿Te convences ahora, cabezota? Conque un Sopay, ¿eh? Pues claro que debe ser él. Ahora tenemos que averiguar quién era el inca que lo mató.

—¿Cómo vamos a averiguarlo?

—¿No te vas a Cuzco hoy?

—¿Y qué? Aunque yo vaya a Cuzco y me lo cruzara cien veces, no sabría que era él. Sólo tú lo has visto.

—Tienes razón.

—Además, ¿cómo podemos saber que está en Cuzco? Huáyna-Cápac, el Emperador, está en Tumipampa. Trasladó allí la Corte hace muchos años. Puede que ese noble esté con él.

—¡Si pudiera marcharme contigo! Pero no es posible, lo sé. Y aun en el caso de que tú hicieras averiguaciones por tu cuenta, yo no podría saberlo, ¿de qué manera íbamos a comunicarnos?

—¡Huamán!

El grito lo asustó.

—¿Qué pasa, por qué gritas de esa manera?

—Se me acaba de ocurrir una idea grandiosa.

Mayta no era muy dado a los calificativos altisonantes. Huamán se sorprendió.

—Escucha. Constantemente correos chasquis están trayendo mensajes a mi padre; cuando yo esté fuera podré comunicarme con él por este conducto.

—Sí —le interrumpió—, pero con tu padre; no conmigo.

—No me interrumpas. Veré si de algún modo te puedo decir algo. Haré que te busque. Y, fíjate bien, si hago algún avance en mis pesquisas te enviaré con él algo que no pese..., por ejemplo, una pluma. Si no puedo averiguar nada serán dos, ¿qué te parece?

—No sé, no sé. ¿Crees que será posible?

—Tú déjamelo a mí. Soy amigo de uno de los correos que vienen con frecuencia.

—Ya; pero sabes igual que yo que los correos chasquis se turnan cada dos kilómetros pasándose los mensajes anudados en los quipus. ¿Cuántos mensajeros hacen falta para recorrer la distancia que hay de Cuzco hasta aquí? ¿Todos ellos se irían pasando la pluma? Son muchos.

—Sólo tengo que convencer al primero que salga de

allí; los demás no preguntarán nada y se irán entregando el encargo hasta que llegue a tus manos.

Sonrió mirándolo con admiración.

—Serás un buen curaca el día de mañana; estoy deseando verte.

Mayta se puso repentinamente serio.

—Ojalá tarde mucho en llegar ese día; porque sólo podré ser curaca a la muerte de mi padre.

Huamán enrojeció de vergüenza.

—No he querido decir eso.

—Vamos, vamos; no nos pongamos solemnes. Me marcho, tendrás noticias mías.

Se miraron un instante; después cada uno dio media vuelta y desapareció camino de su casa, pensando que no se verían en muchos años.

3

El viaje
a Cuzco

HUAMÁN se detuvo cuando le faltaban unos metros para llegar a su casa; le había parecido ver a un chasqui que levantaba la manta de la entrada y penetraba en ella con agilidad. Echó a correr; aquello no era usual: ¿qué querría un chasqui de su familia?

Al entrar pudo oír las últimas palabras que, en un mensaje memorizado, le estaba transmitiendo a su padre.

—«... por lo tanto, tu hijo Huamán debe ser enviado a Cuzco con la mayor celeridad posible. El mismo emperador, que llegará de Tumipampa, le hará entrega de un premio, así como a otros jóvenes que han demostrado el mismo valor en otros hechos semejantes».

La cara de alegría de su padre le conmovió.

—¿Tienes algo que decirme, Ayri, padre de Huamán?

Carraspeó nervioso; estaba embargado por la emoción.

—La respuesta es que mi hijo Huamán se pondrá de inmediato en camino hacia Cuzco.

—Así lo haré saber.

Después salió de la casa haciendo sonar el caracol marino que llevaba en sus manos para anunciar su presencia y no ser molestado por nadie en su veloz carrera. Partió en dirección contraria a la que había llegado.

Huamán se acercó a su padre.

—¿Es cierto eso? ¿Yo voy a ir a Cuzco?

—Sí, hijo. El mensaje que envió Pangui, el lector de los quipus, de que tú habías descubierto la rotura del puente de Cajas ha llegado allí. Como siempre, se premia el valor de las personas que contribuyen a que todo esté en perfecto estado y orden.

—Pero, padre, ese honor te corresponde a ti.

—Yo no lo descubrí.

—Pero...

—Vamos, no nos entretengamos; tengo que preparar tu viaje y pensar con quién puedo enviarte. Yo no puedo abandonar Cajas.

—Padre, yo sé con quién puedo ir. Mi amigo Mayta, el hijo del curaca Yupanqui, es enviado a Cuzco para su educación; ya tiene preparado el viaje, puedes hablar con su padre y que me integre en la comitiva. Así podré viajar seguro.

—¿Cuándo sale?

—Hoy mismo; nos hemos despedido hace un momento.

—Espera aquí, voy a hablar con Yupanqui; no creo que tenga ningún inconveniente en que vayas con él.

Al cabo de poco tiempo Ayri volvía satisfecho; no sólo había consentido el padre de Mayta que fuera con su hijo, sino que se había ofrecido a prepararle la vestimenta adecuada para su presentación delante del Hijo del Sol, el Emperador Huáyna-Cápac. Decidió retrasar unas horas la marcha hasta que todo estuviera preparado en casa del muchacho.

Llegó el momento de la despedida. Tika Sumaq dejó en el suelo la cuna de su hijo pequeño que constantemente transportaba a su espalda y abrazó a su hijo, orgullosa de su comportamiento.

Después le tocó el turno a Ayri, quien, con la mayor seriedad, repitió al hijo la única ley que tenían que observar todos los miembros del Imperio, fuera cual fuese su condición social.

—Recuerda, hijo, y que no se te olvide nunca: No robar, no mentir, no ser perezoso (1).

Huamán sonrió; aquella máxima la tenía siempre presente. ¿Siempre? No, no le había contado a su padre por qué iba tan contento y expectante a Cuzco. Aunque en realidad no le había mentido; sino que no le había contado toda la verdad, que era otra cosa muy distinta.

---

(1) Ama sua, ama llulla, ama checkla.

Su cara se ensombreció un momento. Tika Sumaq captó aquella pequeña indecisión del hijo.

—¿Te pasa algo?

No la miró directamente a los ojos; así no tendría que contar nada.

—Se me hace tarde, volveré pronto. Adiós a todos.

En aquel momento nadie sabía en casa de Huamán, ni aun él mismo, que los acontecimientos se complicarían de tal manera que iban a hacer difícil el que se volvieran a ver en mucho tiempo.

El corazón de Tika Sumaq tuvo una contracción dolorosa; algo le decía, por dentro, que su hijo estaría en peligro como consecuencia de aquel viaje. Sus ojos se llenaron de lágrimas cuando dijo adiós con la mano al ver desaparecer a Huamán, por el recodo del camino, hacia la casa de Mayta.

*   *   *

Muchas lunas pasearon por el cielo, apareciendo y desapareciendo a sus ojos, mientras duró el viaje.

La previsión de la madre de Mayta le había hecho ponerle en su equipaje largas y delgadas tiras de carne de llama, el charqui, secada al sol. Los sirvientes que los acompañaban se paraban a descansar los primeros días comiendo juntos de las provisiones que llevaban. Después, ya acostumbrados a las largas caminatas, hacían marchas de 20 y 30 km, según se encontraran de alejados los tampos, albergues situados a esas distancias unos de otros.

Allí descansaban los pies sangrantes y los cuerpos magullados. Estaban perfectamente cuidados ya que formaban parte de los impuestos que, en forma de trabajo, tenían que pagar los habitantes que moraban en los alrededores; siempre había alimentos, chuñu, maíz y carne de llama; agua y taquia (excrementos de llama que servían para alumbrarse o para alimentar el fuego cuando hacía frío). Huamán y Mayta iban hablando todo el camino felices, haciendo planes. Pero los de un día eran descartados al siguiente por demasiado atrevidos; o por no estar al alcance de sus posibilidades... Y otra vez volvían al principio.

—Yo creo —habló desanimado Mayta— que nunca vamos a resolver lo que nos preocupa.

—¿Por qué?

—No tenemos nada consistente en qué apoyarnos para saber quién mató al inca. ¿No lo entiendes?

—Es ahora cuando más posibilidades tenemos de éxito. El noble que vi tiene que estar con toda seguridad en Cuzco, en espera del Emperador.

—Tienes razón. Además, los premios que os darán a los que os habéis portado con valentía, se hace coincidir con los exámenes de los muchachos aspirantes a la nobleza. Y los que venimos a Cuzco a educarnos seremos recibidos también, como vosotros, por Huáyna-Cápac, el Inca. La ceremonia será contemplada por todos los nobles.

—¿Lo ves?

—No empecemos otra vez, Huamán. Lo hemos discutido más de diez veces las dos manos juntas. Además, parece que nos estancamos al final en el mismo punto, ¿qué haremos si lo descubrimos? Y, ¿cómo sabremos que ha sido él el que lo mató? Tú sólo lo viste bajar por el camino con la muchacha andando detrás de él; pero no viste nada más, ¿no? Yo no me atrevería a acusarle por estos hechos.

—Pero no pudo ser nadie más. Yo, al menos, sólo vi a esas dos personas por los alrededores.

—No es suficiente.

Huamán se paró, con la boca abierta por el asombro.

—Mayta..., Mayta... Allá, al fondo. ¿Aquello es Cuzco?

No se movieron de su sitio, con los ojos clavados en un punto y el corazón latiéndoles con fuerza.

El sol incidía en las paredes de los grandes edificios recubiertos de gruesas láminas de oro, refulgiendo con mil destellos que hacían parecer un gigantesco incendio toda la ciudad.

Hatun, el criado encargado de velar por la seguridad de Mayta, hombre joven y fuerte, miraba igualmente ilusionado. Hasta él habían llegado descripciones de la ciudad, contadas por viajeros y correos chasquis; la verdad es que le habían parecido exageraciones. Cuando distinguió a lo lejos la maravilla de los edificios, un deseo infantil de verlo todo de cerca, de tocarlo, y vivirlo, le inundó por completo. Luego era cierto; no le habían engañado.

Sin ponerse de acuerdo, los dos muchachos y Hatun emprendieron una loca carrera hacia el lugar de sus sueños. Pero, ni en sus mejores sueños hubieran nunca esperado contemplar el rutilante esplendor que se vislumbraba y que disfrutarían en días sucesivos.

Al entrar dejaron paso, según lo obligado, a los que salían. Eran, se decía, portadores de la magnificencia de la capital.

—Hatun, mira —Mayta señalaba al suelo.

El agua era conducida a través de canales de piedra que serpenteaban por las calles; un agua cristalina que fluía por ellos constantemente, imitando el gorjeo alegre de los pájaros.

Se quedaron absortos, emocionados. No sabían dónde mirar, todo les llamaba la atención.

Continuaron andando. Hatun los sujetó por el brazo.

—Vamos, tenemos que llegar con tiempo al palacio para que os inscriban en los quipus y cuenten con vosotros para la ceremonia de los premios. Nos tienen que instalar y darnos las instrucciones.

—¿A mí también me alojarán en palacio? ¿Cabremos todos?

Hatun y Mayta soltaron una ruidosa carcajada.

—¿Tienes idea, Huamán, de los criados y esclavos que tiene el Inca? Miles de ellos. Todos viven en palacio; además de la «Coya», la Emperatriz, que es su mujer legítima, tiene varios cientos de concubinas; éstas le han dado a su vez cientos de hijos que forman parte de su guardia personal. Ni el mismo Inca tiene idea de cuántos deben ser.

—Pero, yo creí que sólo tendría dos o tres hijos. Entonces, ¿a cuál de ellos nombra heredero?

—Sólo los hijos de la «Coya» pueden acceder a él. Pero los demás forman parte de la familia imperial; de ahí salen las personas que forman parte de la alta nobleza. Por lo tanto, ya ves por qué cabremos todos en palacio.

Hatun separó a los muchachos del centro de la calle, donde estaban hablando, al ver acercarse por ella a unos hombres transportando una litera de vivos colores. Los cuatro, de la tribu de los rucana, caminaban con paso rápido, elástico, como si sobre sus espaldas llevaran plumas.

Huamán se separó, volviendo la cabeza, fijando sus ojos en el inca que iba sentado en su interior. Sus manos apretaron con nerviosismo el brazo de su amigo.

—Es él.

Mayta miró hacia el interior; sólo le dio tiempo de ver una de sus enormes orejas desgarrada.

—¿A quién te refieres?

—Al inca de quien te hablé; el que bajaba diciendo el nombre del muerto.

—¿Estás seguro? ¿No te equivocas?

—No me equivoco: es él, es él —la excitación que sentía le hizo levantar la voz.

El inca mandó parar la litera adornada con plumas y maderas preciosas. Observó al muchacho que le estaba señalando con la mano. Huamán sintió que el estómago le daba vueltas.

—Se ha dado cuenta de que lo estás señalando. ¡Baja la mano!

La mirada helada del noble le hizo temblar como un tallo y bajó los brazos con rapidez. El inca, con un gesto, mandó a los rucana continuar su camino.

La escena duró unos segundos; pero a los muchachos les pareció una eternidad.

—Has llamado su atención, Huamán. ¿Te habrá reconocido él a ti?

—No puede porque no se fijó en mí aquel día.

—Pero te ha mirado de una manera extraña.

—Mayta, vamos a seguirlo.

—¿Estás loco? Si se diera cuenta te haría desollar vivo.

Hatun no entendía nada de la conversación; pero había observado la glacialidad de la mirada de aquel noble y sintió un escalofrío.

—¿Me queréis explicar qué pasa? Debemos apresurarnos, hoy es el último día para llegar; y en el momento en que la Luna aparezca en el cielo ya no podrá entrar nadie en palacio. Ahí vienen los demás criados con las cestas: andando.

Iniciaron la marcha, pasando por delante del Templo del Sol. Pese a su preocupación, Huamán fue midiendo, a grandes zancadas, la longitud del edificio. Trescientos cincuenta pasos, de esquina a esquina, y enteramente cubierto de oro.

Al llegar a las puertas de palacio, flanqueadas por dos guardias, se detuvieron. Hatun entregó a uno de ellos los mensajes que portaba en los quipus.

—Esperad aquí un momento.

Desapareció hacia el interior del patio, volviendo al cabo de un momento con las cuerdas en la mano.

—Mayta, hijo de Yupanqui, curaca de Cajas; y Huamán, hijo de Ayri, pachaca-curaca de Cajas, podéis pasar con los criados que os acompañan. Cuando crucéis el patio os encontraréis a otros dos guardias que ya saben quiénes sois; y os acompañarán a vuestros aposentos.

Efectivamente, en el patio los estaban ya esperando. Sin mediar palabra, los hombres comenzaron a andar, haciendo sonar rítmicamente los pectorales de oro al chocar contra las jabalinas que llevaban en sus manos. Recorrieron el camino admirando los jardines plantados de exóticas flores; albercas que contenían peces de colores extraños; estancias donde penetraba la luz agonizante de la tarde por caprichosas aberturas practicadas en el techo; interminables pasillos que iban a desembocar en nuevos jardines...

Los muchachos miraban extasiados. ¿Aquello era el palacio del Inca, el Emperador Huáyna-Cápac? Parecía una verdadera ciudad. Si alguno de ellos tuviera que salir huyendo, pensaban, no encontraría la salida; tales eran los laberínticos pasillos, patios y estancias por los que atravesaban, cruzándose constantemente con hombres, criados y guardias; con doncellas ataviadas con primorosos trajes, que los miraban con expresión burlona. Todo aquello los tenía realmente confundidos.

Al fin los guardias se pararon delante de un edificio al que llegaron después de subir por unos escalones que, de tramo en tramo, se ensanchaban en grandes terrazas adornadas con macetas de flores.

Abrieron dos puertas, una al lado de la otra.

—Podéis entrar cada uno en una habitación. Hatun, tú estarás en la de Mayta; Huamán, en la otra. Y vosotros —se dirigieron a los criados que portaban sus pertenencias—, bajad con nosotros a otra sala. Estaréis en palacio dos días, lo suficiente para descansar de vuestro largo viaje. Después, y según las órdenes de vuestro señor, el padre de Mayta, volveréis otra vez hacia Cajas. Aquí no os faltará de nada. Mañana, cuando el sol salga por el horizonte, subirá un criado para despertaros y daros instrucciones; y las explicaciones necesarias para la ceremonia.

Dieron media vuelta y dejaron a los tres delante del edificio. Hatun, asombrado por la perfecta organización, pasó el primero con las pertenencias de los amigos. Huamán, antes de entrar en su cuarto, se sentó exhausto en el suelo.

—No puedo más; me canso menos trepando por los cerros y los altos de Cajas, que andando por los pulidos suelos de este palacio. Tengo los pies destrozados; me parece que me voy a quedar dormido aquí mismo.

Mayta, sin hacerle caso, se asomó a la barandilla de la terraza donde estaban las habitaciones.

—Huamán, ven aquí inmediatamente. Mira hacia abajo.

Algo en su voz hizo levantarse al muchacho de un salto y mirar en la dirección que le indicaba su amigo: por el primer grupo de escaleras subía el noble que vieron en Cuzco.

Aterrados, se dirigieron hacia sus habitaciones y cerraron detrás de ellos las puertas sin hacer ruido.

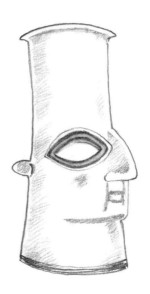

4

La entrega
de premios

EL sol atravesaba tímidamente las rendijas de la puerta. Huamán había dormido inquieto toda la noche; no estaba acostumbrado a sentirse encerrado. Su casa tenía una manta como puerta, igual que las de todos sus vecinos. Éstas eran un lujo que sólo podían permitirse los palacios y las casas de los nobles; pero a él no le gustaban, había sentido que le faltaba el aire fresco que entraba y oreaba las habitaciones; el olor a campo que le era tan familiar; la proximidad de las llamas, los bellos animales que él amaba; y la presencia de su familia en la misma habitación. Todo le había sido extraño.

Además, había tenido una pesadilla que todavía lo tenía envuelto en sudor: el Inca que subía por las escaleras había atravesado la puerta sin necesidad de abrirla, como quien cruza un espacio abierto, sin encontrar ningún obstáculo; se había dirigido hacia él sacando un tumi de oro y, dándole una limpia cuchillada en el costado, le había sacado los pulmones para leer en ellos los acontecimientos futuros. Su cara, roja de ira, se contraía con rabia mientras gritaba: «Masa Chupay, traidor.» Él había intentado hablarle, decirle que no era aquella persona; pero la voz no le salía del cuerpo ni podía moverse. Se veía desde fuera, inmovilizado sobre la piel de llama, con el corazón paralizado por el terror.

Cuando se despertó se prometió a sí mismo dejar las pesquisas sobre lo sucedido cerca del puente de Cajas. ¿Qué le importaba a él lo que hubiera sucedido? Por otra parte, ¿quién podría creer a un pobre púric (1)?

Unos golpes en la puerta le hicieron salir de sus cavilaciones. Con la voz ahogada por el miedo, preguntó.

—¿Quién es?

—Soy Mayta; ábreme, Huamán.

Todavía nervioso levantó la balda de la puerta; le temblaban las manos.

—¿Qué te pasa, Huamán? Tienes la cara pálida como un muerto.

—Pasa. Te voy a pedir un favor; si no lo crees oportuno dímelo.

—Vamos, acaba. ¿De qué se trata?

—¿Puedo dormir esta noche en vuestra habitación?

Mayta sofocó una sonrisa; su amigo se hubiera molestado, pero lo entendía.

—Claro que sí. Pero vengo a apremiarte para que te arregles cuanto antes. Hatun, mi criado, te traerá

_____
(1) Campesino.

ahora mismo un taparrabo nuevo, un cinturón y unas sandalias. No creo que necesitemos capa.

Hatun aparecía en aquellos momentos con las prendas en la mano. El muchacho se las quedó mirando con verdadero placer, nunca había vestido nada de un blanco tan inmaculado. Dirigió una mirada de agradecimiento a Mayta; sus ropas no eran más lujosas que las que sus padres le habían regalado a él.

Se vistió con rapidez. Apenas hubo acabado, apareció el esclavo que venía a darles instrucciones; en la mano portaba dos pequeños fardos.

—Os reuniréis —les dijo a los dos amigos— con los demás muchachos en el «Patio de los Pájaros», yo os acompañaré. Después iréis pasando en fila, descalzos y con los cabellos manchados de ceniza, al salón donde el Inca Huáyna-Cápac os espera. Al presentaros delante de él, en señal de respeto y acatamiento, cargaréis con el fardo a la espalda y bajaréis los ojos hacia el suelo. No se os ocurra mirarle directamente a la cara; ni hablar con él hasta que no os lo indique. Cuando os mande decir algo, inclinaréis tres veces el cuerpo hacia el suelo y después le explicáis lo que os pregunte. Al retiraros de su presencia, también cuando él os lo indique, andad de espaldas hacia la puerta. ¿Lo habéis entendido todo bien? No se os ocurra hacer otra cosa que lo que os he explicado. Si no lo hacéis así, además de castigar vuestra osadía, mandará que a mí me desuellen vivo por no explicar bien las cosas.

Huamán sintió un escalofrío que fue percibido inmediatamente por el esclavo.

—¿Tienes miedo, muchacho?

Mayta le advirtió con los ojos.

—No.

—Más vale así. Estás aquí para premiarte un hecho heroico; el Inca Huáyna-Cápac no soporta a los cobardes. Otra cosa: aunque es ya muy anciano, tiene bien abiertos los ojos y los oídos a todo lo que pasa a su alrededor. Y lo que él no capta, ya se encargan sus más allegados de que se entere; así que no hagáis comentarios fuera de lugar ni seáis entrometidos.

Los muchachos entendieron una velada amenaza en las palabras del viejo esclavo. Éste, dando media vuelta, dio por terminadas las instrucciones y, con un seco «seguidme», comenzó a bajar las escaleras con agilidad; caminaron detrás de él, seguidos a una distancia prudencial por el fiel Hatun, que llevaba sus fardos.

La vista de las terrazas por donde pasaban era espléndida; las plantas habían sido regadas y olía a una refrescante tierra mojada. El olor se mezclaba con el que emitían las flores.

Al llegar a la explanada torcieron hacia la izquierda y desembocaron en un enorme patio, adornado con gallardetes de colores; era el «Patio de los Pájaros». Estaba lleno de grandes jaulas donde se podían contemplar las especies más raras. Tenían colocadas juntas las de la misma clase; pero bellamente combinadas por tamaños. Al incidir el sol sobre ellas arrancaba continuas irisaciones de las brillantes plumas multicolores. A ello se unían los gorjeos y trinos que daban un aire de fiesta en el ambiente.

El patio comenzaba a poblarse de jóvenes; allí vieron los muchachos extraños tocados que portaban en la cabeza los representantes de las distintas tribus de todo el Imperio. Hablaban entre ellos en lenguas distintas; había pocos que entendieran perfectamente el quéchua, el idioma oficial.

El esclavo, a una pregunta de Mayta, se volvió y comenzó a explicarles pacientemente.

—Los que van embozados son los «yungas» de la costa; los que llevan gorros de lana, los «collas» de los alrededores del Lago Titicaca; los «cañaris», de Cañas, son los que van tocados con gruesas coronas de cintas; aquellos que están a su lado, los «huancas», usan cuerdas que les llegan hasta la barbilla y el pelo trenzado; aquel muchacho que lleva un listón rojo sobre la frente es un «canchi», al igual que el que está a su lado que lo lleva blanco. Como veis, todas las tribus se distinguen por su tocado. Tan distinto uno de otro que, aunque se reúnan quince mil hombres delante del Emperador, él sabe perfectamente a qué tribu pertenecen.

Cada uno de estos muchachos, como tú, Huamán, han realizado un acto digno de ser premiado. Y así lo hace nuestro Sapay Inca. De esta manera todos los habitantes del Imperio saben que su Emperador cuida de todo lo que le pertenece: tierras, hombres y rebaños. Que nunca se equivoca; por eso es adorado por todos sus súbditos, porque saben que él es un hombre-dios, el hijo del Sol.

Mayta escuchaba en silencio: eran las palabras entusiastas del esclavo, las mismas que su madre le había repetido cientos de veces. Ella, decía orgullosa, pertenecía a la familia imperial.

Huamán estaba verdaderamente entusiasmado, mirando a todas partes, embobado con la belleza de lo que contemplaba.

Hatun, que se encontraba al lado de los muchachos, se puso repentinamente nervioso; había notado que todas las personas que estaban en el patio habían callado a la vez; sólo se oía a los pájaros. Volvió la cabeza extrañado y se quedó mudo de asombro: al fondo del patio aparecía una litera de maderas preciosas y recubierta de oro y plata; la remataban dos arcos de oro incrustados de piedras preciosas. Dentro, un hombre cuya presencia le pareció deslumbrante. Abrió la boca, sin pronunciar palabra; después cayó de rodillas, temblando de miedo.

El esclavo que los acompañaba murmuró en un susurro:

—El Inca Huáyna-Cápac.

Y bajó la cabeza hasta casi rozar las rodillas.

Huamán, que estaba detrás de una jaula de cobre llena de grandes pájaros, aprovechó su posición para mirar directamente al Emperador sin ser visto por nadie.

Huáyna-Cápac vestía una túnica que le llegaba hasta las rodillas, tejida de fina lana de vicuña; su taparrabo consistía en una banda de tela formando un calzón; una capa tejida con dibujos geométricos le caía por la espalda. Llevaba unas sandalias de lana blanca de alpaca y las piernas y los tobillos llevaban cintas enrolladas a su alrededor.

Pero lo que más le llamó la atención al muchacho fue su cabeza. Una trenza de colores le daba varias vueltas: era la «Mascapaicha», el símbolo imperial. De ella colgaba el llautu, una franja de color rojo, con borlas también rojas, saliendo de finos tubos de oro. Sobre la «Mascapaicha», un pequeño penacho de plumas de curiquinga, el pájaro sagrado de los incas.

El cabello lo llevaba corto, con un tupé sobre la frente; las orejas perforadas portaban un disco de oro y piedras preciosas. Huamán observó que el disco tenía mayor tamaño en el Emperador que en el resto de la nobleza.

Al pasar la litera a su altura, vio el cetro con la punta de oro y la bolsa bordada que le pendía del costado, para guardar la coca.

Sin poder contenerse, dijo en voz alta.

—La cara del Emperador parece tallada en lágrimas de Luna (1).

Mayta al oírle le dio un tirón del brazo. Había visto con preocupación cómo Huamán miraba directamen-

_____

(1) Los incas llamaban a la plata «lágrimas de la Luna», y al oro «los sudores del Sol».

te al sagrado hijo del Sol. Cuando oyó el comentario, temió que alguien más se hubiera dado cuenta y él mismo levantó la cabeza para advertirle. Afortunadamente el loco gorjeo de los pájaros hizo que el comentario pasara inadvertido.

Una larga comitiva de nobles seguían a la litera. El primero de aquéllos, de arrogante presencia, se destacaba por la ferocidad de su mirada. Su porte orgulloso, mirando despreciativamente a los muchachos que poblaban el patio, le hacía distinguirse del resto.

El esclavo, cuando observó que la litera había cruzado delante de él, levantó la cabeza. Mayta le preguntó.

—¿Quién es?

No hacía falta decir a quién se refería. El esclavo bajó la cabeza para que no le vieran mover los labios.

—Es el príncipe Atahualpa, uno de los hijos predilectos del Emperador; y un valiente guerrero.

La voz del esclavo, aunque imperceptible, no pudo disimular el terror que le producía pronunciar aquel nombre.

La comitiva acabó de penetrar en el gran salón del trono. Los guardias que estaban a la entrada comenzaron a organizar una larga fila que avanzaba lentamente. A la puerta estaban colocados dos esclavos que iban derramando ceniza sobre la cabeza de los componentes que, a la vez que se descalzaban, cargaban sobre sus espaldas el fardo que les había sido entregado.

Penetraron en el salón; el Inca estaba sentado en el osño (1). A su lado, de pie y con los brazos cruzados sobre el pecho, se encontraba Atahualpa. A ambos lados, el resto de la corte con gesto sumiso.

Un noble pronunciaba el nombre de un joven, a la vez que explicaba al Inca el motivo de su presencia. En sus manos portaba un quipu que era cambiado por otro cuando el joven había recibido su regalo; así el noble podía leer en ellos la heroicidad que era premiada en aquella ceremonia. El mismo noble le entregaba un taparrabo al Emperador y éste se lo daba al muchacho, alentándole para que siguiera portándose valientemente.

La ceremonia era lenta y se desarrollaba con las mismas pautas fijas para todos los muchachos.

Huamán lanzaba furtivas miradas a los nobles. Entre ellos había algunas doncellas, vestidas para la ocasión con trajes de fiesta azules, rosas o amarillos.

Al lado de Atahualpa, una preciosa chiquilla de no más de doce años, observaba con interés lo que había a su alrededor y hablaba en voz baja con el príncipe. Huamán no se dio cuenta, pero cuando se fijó más despacio en ella, dio un pequeño respingo. La muchacha vestía una túnica rosa que le llegaba hasta los pies y tenía en la cintura una banda color rojo. A pesar de no hacer frío, sobre sus hombros llevaba una finísima manta que sujetaba sobre el pecho con

_____
(1) Asiento de oro macizo. Lo usaba sólo el Inca.

un alfiler de oro, el tupu; y era el mismo que él había visto en las manos del inca muerto.

—Huamán, hijo del pachaca-curaca de Cajas, ¿estás sordo?

Le empezaron a temblar las piernas y el fardo que portaba cayó sobre el pulido suelo del salón del trono con un golpe seco. Por un momento no supo qué hacer ni qué decir; pese a la prohibición, miró directamente a la cara del Emperador y en su rostro creyó ver una conmiserativa sonrisa.

Atahualpa señalaba en ese momento a uno de los nobles hablándole con voz cortante.

—No podemos perder todo el día; el Emperador está fatigado.

El noble se acercó al muchacho.

—Recoge el fardo; eres un inútil.

La voz de aquel inca le era familiar a Huamán; pero, sin mirarlo, recogió lo que le mandaba del suelo y se lo colocó a la espalda. Después se inclinó tres veces ante el Emperador, esperando.

La voz del anciano Inca le dirigió palabras de aliento.

—No te preocupes, Huamán. Comprendo que te hayas puesto nervioso delante de mí, el hijo del Sol. Pero se te puede perdonar; mírame a la cara.

Levantó los ojos hacia él.

—Tu acción ha sido doblemente valerosa. Sé de la terrible tormenta que asolaba tu región aquel día; y que, pese a ello, tuviste el ánimo suficiente para seguir vigilando el puente y después avisar al registrador de quipus. Yo iba a pasar al día siguiente por allí; gracias a tu aviso desvié el camino que me conducía a Cuzco. Además del premio que recibirás por tu comportamiento, igual al de los demás jóvenes, tú podrás quedarte en palacio para disfrutar las fiestas del Inti-Raymin, que se celebran todos los años en honor de mi padre el Sol.

El noble que le había llamado inútil torció el gesto, malhumorado, cuando el Emperador se dirigió hacia él.

—Ayar, te encargarás de que nada le falte a este valeroso joven mientras permanezca en palacio. Y tú, Huamán, vendrás a verme antes de volver a Cajas; quiero proponerte algo.

La expectación en la sala del trono era grande. Nunca el Emperador se había entretenido tanto tiempo en dirigir la palabra a ningún joven; ni menos, hacerle una invitación personal.

Ayar estaba pálido de ira. ¡Proponerle a él que se encargara de un miserable campesino, por muy valientemente que se hubiera comportado, era una ofensa! Y constituía, lo sabía bien, una maniobra del joven príncipe Atahualpa para humillarlo.

Se llevó nervioso la mano a la oreja desgarrada. Después se inclinó humildemente.

—Haré lo que me ordenas, Señor.

Huamán no había dejado de observar la cara del anciano Inca. Le fascinaba el movimiento de la Masca-paicha cuando movía la cabeza. Las borlas rojas, al desplazarse, hacían tintinear los finísimos tubos de oro del llautu.

—Puedes retirarte.

Tomó entre sus manos el taparrabo que le ofrecían y comenzó a andar hacia atrás, sin dar la espalda al trono. Cuando salió, respiró profundamente; tenía ganas de dar saltos, de gritar, debido a la alegría que sentía.

El viejo esclavo que los había acompañado esperaba fuera.

—Ten cuidado, hijo. Has despertado la ira de uno de los nobles más influyentes de la corte. Ayar no perdona fácilmente.

—Pero yo, ¿qué he hecho? El fardo se me cayó al suelo..., nada más.

—Lo sé, hijo mío. Pero debes tener los ojos bien abiertos.

Huamán, alentado por las palabras de simpatía del viejo esclavo, sin saber por qué, le preguntó.

—¿Quién es Masa Chupay?

En un movimiento inesperado, el esclavo tapó la boca del muchacho.

—No vuelvas jamás, ¿me oyes?, jamás, a pronunciar ese nombre si no quieres morir. ¡Condenado campesino! Te he advertido que debes ser prudente.

Miró hacia todos los lados con el terror pintado en los ojos; y desapareció como una sombra.

Huamán se quedó perplejo. Mayta llegaba en aquellos momentos a su lado.

—Enhorabuena; has sido el único al que el Emperador ha consentido mirarle a la cara. ¿Te fijaste en Ayar, el noble al que le ha encargado que se preocupe de ti?

—No, ¿por qué?

—Tienes que tener cuidado, es el inca de la litera.

—¡Por todos los dioses! Con razón su voz me era familiar. No, no me había fijado en él. ¿Qué voy a hacer, Mayta? Estoy asustado.

Mayta intentó tranquilizarlo.

—Siempre que no hables ninguna palabra relativa a lo que pasó en Cajas, no debes temer nada. Mientras el príncipe Atahualpa esté en Cuzco, Ayar se librará de cometer ningún acto que pueda contrariarle. Se nota que no le es simpático; por algún motivo le odia terriblemente.

—Después hablaremos, Mayta; he hecho un descubrimiento.

—Sé cuál es. Noté cómo mirabas a una joven que estaba al lado del príncipe; fue, como consecuencia, cuando se te cayó el fardo al suelo.

—Entonces, ¿sabes lo que me llamó la atención en ella?

—Lo sé, Huamán. El alfiler de oro que tenía prendido en la capa. Es igual al que me describiste: con la cabeza de una serpiente con los ojos de cuarzo rojo, ¿no es eso?

—¿Por qué lo tendrá esa joven? ¿Cómo habrá ido a parar a sus manos?

—¿No será la joven que viste en Cajas?

—Claro, claro... ¡Es ella! ¿Cómo no me había dado cuenta antes? Ya lo sé: estaba lloviendo y llevaba los cabellos alborotados y mojados; y la túnica destrozada. Pero es ella, es ella.

Sin querer había levantado la voz; los muchachos que estaban a su alrededor miraron extrañados. Mayta se llevó los dedos a los labios.

—Tienes que aprender a controlarte, Huamán. Ven, los esclavos vienen con las bandejas de la comida. Estoy muerto de hambre.

La llegada de los esclavos fue acogida entre todos los muchachos con gestos de alegría; las bandejas, primorosamente adornadas, estaban repletas de alimentos que los jóvenes jamás pensaron que pudieran llevarse nunca a la boca: crustáceos, caracoles y pescados de la costa del Pacífico; hongos; ranas del lago de Chinchaycocha; patos salvajes y perdices de la puna. Además de frutas exquisitas de los valles tropicales.

Los nobles miraban divertidos desde las arcadas sobre el patio. Era un espectáculo que no estaban dispuestos a perderse. Pero su alborozo llegó al máximo cuando los esclavos, en estilizados vasos de oro, ofrecieron la chicha. Dado los pocos años de los jóvenes, a más de uno lo tuvieron que trasladar a sus habitaciones completamente mareado.

El Emperador estaba satisfecho. Estos jóvenes, cuando volvieran a sus aldeas, se desharían en elogios hacia su persona, el sagrado hijo del Sol. Era la mejor propaganda que se podía pensar. Todos lo adorarían por su magnanimidad; y laborarían con ahínco sus parcelas de tierra en agradecimiento. Las arcas imperiales se verían rebosantes de sus productos, ya que una parte de ellos se entregaba al Inca; otra al Sol, su divino padre —que también, y en su nombre, recogía él— y otra para los campesinos, así no pasarían hambre.

Cuando los jóvenes tuvieron repletos sus estómagos, los esclavos se retiraron; después volvieron para dejar perfectamente limpio el «Patio de los Pájaros».

Uno de los nobles dio varias palmadas reclamando la atención de todos.

—Sentaos alrededor del patio y esperad.

El sonido de un tambor comenzó a escucharse al fondo, acompañado del sonido de una trompeta de caracol. Los músicos entraron seguidos de varios flautistas con quenas y piroros. Detrás, varias jóvenes que llevaban colgados de sus trajes cascabeles de cobre. En sus tobillos, confeccionados con cáscaras de habas secas, unas pulseras que sonaban deliciosamente al chocar unas contra otras. Sus brazos aparecían repletos de brazaletes de plata, que tintineaban con gracia cuando movían las sonajas de caracoles que llevaban en las manos.

Los jóvenes miraban absortos. Aunque conocían los bailes, no habían visto a muchachas tan bellas ataviadas con aquel esplendor.

Un segundo grupo de bailarinas, portando máscaras que se ajustaban a los rostros, inició una frenética danza formando círculos y retorciéndose convulsivamente.

El baile arrastró emocionalmente al auditorio que jaleaba con las manos al son de la música.

El noble, al comienzo de cada danza, explicaba su nombre y en honor de qué o quién se interpretaba.

—Ahora veréis el hayl-yi, que conocéis perfectamente, porque es una danza campesina.

—... Ahora la llamaya, la danza de los pastores.

—... Por último, y con esto acabamos, la cachiua, que simboliza la alegría. Disfrutad con ella; y no olvidéis que nuestro Inca se preocupa por todos los hombres, mujeres y niños de todas las tribus que pueblan el Imperio.

Caía la tarde, manchando el entorno de nubes rojas, cuando volvieron a sus habitaciones.

Durmieron toda la noche de un tirón, recordando emocionados la fiesta con que les había obsequiado el anciano Huáyna-Cápac.

* * *

Pero el noble Ayar no durmió aquella noche. La escena del salón del trono no se le podía olvidar; tanto por la humillación del joven príncipe Atahualpa, como por los recuerdos que desencadenó la entrega del premio a Huamán. Aquel muchacho era de Cajas; y, precisamente, el puente se había roto en aquella desdichada tarde de tormenta en que había sucedido todo.

El joven tuvo que pasar obligatoriamente por aquel camino para ir a su aldea. ¿Habría visto algo? No tardaría en enterarse; ya se encargaría él de hacer las oportunas averiguaciones. Y, si sabía algo como temía, tendría que hacer lo que fuera para callarlo para siempre...

5

Investigaciones
de Ayar

HATUN despertó a los muchachos; el sol hacía ya mucho tiempo que estaba sobre sus cabezas y ellos seguían durmiendo.

El criado miró con ternura a su joven amo; su padre, Yupanqui, le había encargado que no se separara ni un momento de su lado.

Llevaba toda la vida sirviendo a la familia y había visto nacer a Mayta. Lo había protegido desde entonces considerándolo no como su señor, sino como su hijo. Yupanqui lo sabía, como sabía que podía confiar en él. Por eso lo había enviado a Cuzco a su servicio. No olvidaría nunca su cara de preocupación cuando se despidió.

—Sé —le había dicho— que no tengo que advertirte de nada. Quieres a Mayta igual que yo. Hatun, guárdamelo de todos los peligros; no te separes de él ni un momento; aléjamelo de todo lo que pueda dañarlo. Que no haga nada que le haga destacar si sus cualidades coinciden con las de algún joven príncipe perteneciente a alguna de las panacas (1) imperiales; la envidia es muy mala consejera. Los augurios que se leen en las estrellas, y en los pulmones de las llamas, me tienen muy preocupado.

—Defenderé con mi vida a tu hijo, que también considero mío.

Yupanqui había apretado amistosamente su brazo. Y aquello había sido un premio inmerecido para él, un insignificante criado; no lo olvidaría nunca.

Volvió a zarandear a los jóvenes.

—Vamos, perezosos. Hace mucho tiempo que un esclavo ha traído los alimentos de la mañana. Mirad.

Les mostró las dos medias calabazas, llenas hasta casi el borde de habas y porotos sazonados con sal y pimienta.

Mayta, preocupado, le preguntó.

—¿Has comido tú, Hatun?

El joven criado enrojeció de satisfacción.

—Sí, joven amo. Otra igual que la vuestra.

—¿No me estarás mintiendo?

Hatun se puso repentinamente serio.

—No me atrevería jamás a mentirte, Mayta. He comido ya, te lo juro por Illapa, el dios del Rayo. Que me deje uno de sus hijos fulminado si alguna vez no

_____

(1) Las panacas estaban constituidas por las distintas familias imperiales.

te digo la verdad. Pero, dejémonos de charla y comed. Hoy iremos a ver Cuzco. Ah —dijo volviéndose hacia Huamán—, se me olvidaba: el esclavo que nos acompañó ayer hasta el «Patio de los Pájaros» ha traído un mensaje para ti.

—¿Un mensaje? ¿De quién?

—Ayar, el noble de la litera, al que el Emperador le ha ordenado que se ocupe de ti, quiere que vayas a verlo. El esclavo, hace ya mucho tiempo, está sentado al borde de la terraza esperando a que te levantes para acompañarte a su presencia.

Se levantó de un salto; pero Hatun, con suave energía, lo sujetó por un brazo.

—No, primero comerás. Sea lo que sea, no irás sin haber tomado algún alimento.

—Estoy impaciente, Hatun; déjame salir, tengo miedo de que se enfade conmigo.

—No tienes que preocuparte, Huamán. El esclavo dijo exactamente: «Cuando se levante y alimente su cuerpo». Te has levantado, pero no has comido.

Comió todo lo aprisa que pudo; recompuso su taparrabo y se ajustó el cinturón. Cuando salió, el viejo esclavo dormitaba apoyado en una de las macetas. Lo recibió con una sincera sonrisa de ánimo.

—¿Cuál es tu nombre? —le preguntó el muchacho.

—Me llamo Wayra Sipikuq, Veloz como el Viento.

—¿Quién te puso ese nombre y por qué?

—El padre de nuestro Emperador, Topa Inca Yupanqui. Yo fui durante muchos años correo chasqui. Corría con más velocidad que nadie; y en muchas ocasiones le llevé importantes mensajes. Mi rapidez influyó en muchas ocasiones para decidir algún asunto importante. Cuando murió, su hijo Titu-Cusi-Huallpa, el actual Emperador, subió al trono con el nombre de Huáyna-Cápac que significa «el Joven Jefe». Premió mi rapidez y mi devoción hacia su padre permitiéndome vivir aquí, en el palacio que construyó cuando subió al trono. Y aún, como ves, y a pesar de mis muchos años, soy el encargado de llevar los mensajes de un lado a otro de este enorme palacio. Aunque ya mis piernas no son lo que eran.

Huamán intuyó un deje de tristeza en la voz de Veloz como el Viento.

—Los años pasan —dijo para animarlo.

—Sí, y pasan para todas las personas. Aún recuerdo la arrogancia y valentía del Joven Jefe; y cómo ha envejecido. Muchas veces, cuando no llevo el mensaje con la rapidez que él quiere, en vez de mandar azotarme me permite mirarlo a la cara y me dice fingiendo enfado: «Veloz como el Viento, vamos a tener que cambiarte el nombre y llamarte *Lento como el Caracol.*» Después se ríe de su propia gracia. No volveremos a tener un hijo del Sol tan grande y justo como él —sus palabras expresaban la admiración que sentía por el anciano Inca.

—¿Sabes para qué me ha mandado llamar el noble Ayar?

—Te vuelvo a repetir que tengas cuidado con él; es astuto como una serpiente. Y te hará caer en la trampa si así lo desea. Te voy a dar un consejo, un consejo de un viejo que ha vivido mucho y ha visto también mucho en esta vida: no te muestres altanero con él sino todo lo sumiso e ignorante que puedas. Tú no sabes nada —lo sujetó por el brazo—, recuerda: ni sabes nada ni has visto nada. Y, cuando te diga algún nombre, abre los ojos con asombro; como si en la vida lo hubieras oído.

—¿Qué nombre, el de Ma...?

Le volvió a tapar la boca con rapidez.

—Ése; pero tú «no sabes nada». Algo está tramando; y yo sé que tú estás enterado de algo. Pero, por nuestro gran dios el dios-Sol, no cedas ante halagos ni amenazas. Muéstrate firme en tu ignorancia. Haz caso a Veloz como el Viento, hijo mío.

Llegaron a las dependencias que ocupaba Ayar en el palacio. Lo recibió con una sonrisa forzada y preguntó secamente a Veloz como el Viento.

—¿Ha sido él el que se ha levantado tarde o tú el que se ha retrasado en dar mi mensaje?

El viejo chasqui bajó humildemente la cabeza, contestándole con voz sumisa.

—Que los dioses te protejan, noble Ayar, he esperado a que el joven Huamán estuviera dispuesto como me indicaste; he cumplido tu sabio mensaje al pie de la letra. Pero azótame si crees que te he faltado en algo, excelso Ayar.

—¡Taimado y viejo cínico, quítate de mi presencia!

—¡Que los dioses te protejan, noble Ayar!

—¡Déjate de remilgos hipócritas y sal de aquí!

Veloz como el Viento, sin dar la espalda, salió de la habitación; sabía que el noble no se atrevería a levantar una mano contra él mientras viviera Huáyna-Cápac. Ni él ni nadie. Pero no era bueno mostrar altanería ni soberbia por este hecho. Podía «casualmente» caer por alguna escalera de palacio, no sería el primer sirviente que muriera por ese motivo. Por ése o por otros.

Pensativo, se sentó al lado de una alberca de peces que había cerca de las dependencias del noble.

*　　　*　　　*

—Siéntate, joven Huamán —su voz se había tornado sinuosa—. Así que tú eres de Cajas, hijo del pachaca-curaca.

—Sí, noble Ayar —bajó la voz todo lo que pudo, sin mirarle directamente a la cara en señal de humildad.

Ayar le habló con frialdad.

—Mírame a los ojos cuando hables conmigo.

Quería advertir cualquier indecisión en el muchacho en el momento en que se produjera; era vital para sus planes.

—Dime, ¿fuiste tú realmente quien observó cómo se rompía el puente de cabuya?

—No entiendo lo que quieres decirme.

—No te preocupes de entender, muchacho; contéstame lo que te pregunto.

—Sí, señor. Yo personalmente vi cómo se derrumbaba el puente.

—¿Me has visto antes de ahora?

—Sí, noble Ayar.

El inca sonrió satisfecho. El muchacho sostenía su mirada con franqueza pero sin altanería.

—¿Cuándo fue eso? —preguntó con voz triunfal, creyendo que lo había pillado en la trampa.

—Ayer, mi señor; cuando fui premiado por el Emperador, en la sala del trono.

Ayar rugió, más que habló, con la ira reflejándose en su rostro.

—¿Y antes? ¿No me has visto antes de la ceremonia?

—Sí, mi señor.

—Vamos —comenzaba a impacientarse—. No quiero sacarte las palabras una a una. Dime de una vez dónde y cuándo.

—En «La Plaza de la Alegría», el día que llegué a Cuzco.

—Recuerdo —dijo, respirando tranquilo—, tú fuiste el muchacho que señalabas mi litera con la mano cuando pasé a tu lado. ¿Por qué hiciste eso? ¿Por qué me señalabas?

—Te pido perdón. Pero soy un pobre campesino que jamás ha salido de Cajas y era la primera vez que veía tan bella litera. Me llamó la atención y la señalé a mi amigo Mayta. Nos maravillamos los dos de tanta magnificencia y hermosura.

—¿Quién es tu amigo Mayta? No recuerdo que se premiara a ningún joven con ese nombre.

—Mayta es hijo de Yupanqui, el curaca de Cajas. Viene a Cuzco a la escuela de los nobles para ser educado en ella. Hice el viaje con él cuando el correo chasqui le llevó el mensaje a mi padre. Creyó conveniente que no viniera solo; y me uní a su comitiva.

—Y, ¿tu amigo Mayta me conocía de antes?

Huamán midió muy bien sus palabras.

—No, él no ha estado nunca en Cuzco.

El inca escrutó su rostro.

—Pero yo he pasado por Cajas.

—Noble Ayar —dijo, desviando la intención de la pregunta—, si hubiéramos visto tu litera no la habríamos olvidado jamás. Y si la hubiera visto él sólo, me lo habría comentado; somos muy amigos.

Ayar quedó aparentemente convencido, el muchacho no había vacilado ni un momento en sus contestaciones. Y un pobre campesino como él no tenía capacidad para llevar preparadas las respuestas tan convincentemente.

—Bien, se me olvidaba: como comprenderás, y es para lo que te he mandado llamar, no puedo estar pendiente de ti en cada momento. Así que si necesitas algo no tienes más que venir a pedírmelo.

—¿Puedo, abusando de tu amabilidad, hacerte una petición?

—¿Cuál es?

—¿Tengo tu permiso para salir de palacio y visitar Cuzco?

Aquello halagó la vanidad de Ayar; y dulcificó su expresión.

—Claro, muchacho. Puedes moverte como quieras, tienes mi permiso. Si alguien te molesta no tienes más que decir que Ayar está encargado de ti; pero no te metas en ningún lío, ¿de acuerdo? Y ahora puedes retirarte.

—Que los dioses te protejan, noble Ayar; y te den larga vida.

—Aprendes muy deprisa, muchacho, tal vez demasiado. Te voy a dar un consejo: no te fíes de los chismosos y cínicos criados y esclavos que abundan en palacio. Si algo dudas, ven a preguntarme a mí.

Andando de espaldas abandonó la estancia. Aquella deferencia, lo sabía, era sólo para con el Emperador. Pero lo quiso hacer conscientemente para no levantar las sospechas de Ayar y darle a entender que sabía más cosas de las que él imaginara.

Fuera, Veloz como el Viento lo esperaba con una sonrisa de satisfacción.

—Bravo, muchacho; eres muy listo.

Lo miró extrañado. ¿Habría estado escuchando la conversación?

—Veloz como el Viento, no hace falta que me acompañes a mi habitación, sabré hacerlo solo.

—¿Estás seguro? —dijo mirándolo burlonamente.

—Bien, ven conmigo hasta el principio de las escaleras; pero déjame que sea yo el que vaya guiando.

Con gran seguridad fue atravesando los patios a la vez que iba contando con los dedos.

—Aves..., albercas..., flores..., guardias con pectorales de oro..., patio de doncellas...

—¿Qué vas murmurando?

—Faltan sólo cuatro patios y tres jardines, dos de ellos con árboles frutales. En total, doce; y seis terrazas con treinta escalones que separan a cada una de ellas, las dos primeras de caracol. ¿Me equivoco?

—¿Cómo has podido memorizarlo todo con tal rapidez?

—He ido recordando una característica de cada lugar; de esa manera —contestó con sencillez.

—No es tan sencillo, Huamán. Eres más listo de lo que se imagina Ayar; y eso me tranquiliza mucho.

Seguían andando y charlando animadamente, cuando llegaron a uno de los patios que tenía en medio una fuente rodeada de varios bancos de piedra; alrededor, unos soportales colocados circularmente. En aquellos momentos paseaban por allí unas ruidosas doncellas que reían alegremente. Sentada en uno de los bancos, con cara pensativa, una muchacha que Huamán reconoció inmediatamente. Sujetó a Veloz como el Viento por un brazo.

—¿Quién es?

—No tienes mal gusto, ¿eh? Es Coyllur, la hija del noble Ayar.

—¿Su hija?

—¿De qué te extrañas, la conoces?

Se acercó a ella. La joven jugueteaba con el alfiler de oro que él conocía. Al verlo acercarse se levantó.

—Has mentido a mi padre, ¿verdad?

Huamán se quedó petrificado.

—No te preocupes —continuó Coyllur—, no voy a hablar nada de momento. Pero mira bien lo que voy a decirte: algún día conocerás la verdad.

Después de aquellas enigmáticas palabras, la muchacha comenzó a andar uniéndose a las demás jóvenes y participando de su alegría. Huamán y Veloz como el Viento, llenos de sombríos pensamientos, siguieron andando hacia las escaleras.

*   *   *

El Inti-Raymin, la Fiesta del Sol, se celebraba todos los años en el Imperio coincidiendo con el solsticio de invierno. Era seguida por los nobles, la clase elegida, con lujo y fervor a partes iguales; sobre todo en el sagrado Cuzco, donde asumía carácter de manifestación nacional.

Los curacas de todo el Imperio, junto con los altos funcionarios, iban a recibir instrucciones y a rendir cuentas.

En el palacio de Huáyna-Cápac se vivían días de verdadera excitación ya que los preparativos constituían en sí una fiesta. Los esclavos y criados se afanaban por tenerlo todo a punto para la llegada de los invitados del Emperador; después seguirían tres días de riguroso ayuno en los que no se podían encender fuegos ni trabajar. Sólo las Vírgenes del Sol, las mujeres escogidas, podían hacerlo preparando febrilmente panes y bebidas.

Estos días iban a desembocar, como un estallido, en el día del Inti-Raymin; después, la alegría se prolongaba durante nueve días seguidos.

Huamán y Mayta, acompañados siempre de Hatun, se integraron voluntariamente en los trabajos. Veloz como el Viento había estrechado la amistad con ellos, teniéndolos al corriente constantemente de los acontecimientos que se desarrollaban dentro de palacio y de la llegada de altos dignatarios.

No habían vuelto a ver a la joven Coyllur, pero Veloz como el Viento se había enterado de que ni su padre ni ella habían abandonado el palacio. La joven paseaba sola por los jardines interiores de sus dependencias, a las que invitaba a sus amigas.

La verdad es que Huamán no había intentado desde su entrevista volver a hablarle; le intimidaba el solo pensamiento de un encuentro con ella después de lo que le había dicho.

Un día, mientras arreglaba con unos esclavos las jaulas del «Patio de los Pájaros», Veloz como el Viento lo llamó aparte.

—Se comenta en palacio que Coyllur ha pedido a su padre que, después de la fiesta de Inti-Raymin, la deje presentarse a la elección del Consejo Imperial, para ser Virgen del Sol. Y que el noble Ayar está muy disgustado.

—¿Por qué?

—Porque es la única hija que tiene. Ayar no ha querido más mujeres que la madre de Coyllur; nunca quiso tener concubinas, adoraba a su esposa. Y su muerte, como consecuencia del segundo parto, lo hundió en la más terrible desesperación. Era bellísima, yo la conocí. Pertenecía a la familia imperial por ser sobrina del Inca Huáyna-Cápac. Ayar le ha dicho a su hija que lo piense bien; que espere un año más. Pero ella sabe que su padre la engaña; porque si sobrepasa los doce años ya no podrá ser elegida.

—¿Por qué me cuentas todo esto?

Veloz como el Viento bajó la voz hasta casi hacerla imperceptible.

—Si ella se va, tú no podrás enterarte de lo que quieres, ¿no? Mira, tienes oportunidad de verla; hoy un grupo de esclavos ha sido llamado por Ayar para que le arreglen el jardín. Tú estás ayudando en palacio; nadie se extrañará si pides que te integren en el grupo.

—No voy a hacer eso —dijo, levantando la mano y moviéndola con energía—; tengo miedo de que se enfade y hable con su padre.

—Si hubiera querido lo hubiera hecho ya, ¿no?

—Claro. Pero vamos a ver, Veloz como el Viento, ¿por qué razón ella no me iba a contestar con evasivas como lo haces tú cuando te pregunto?

—Porque yo no sé la verdad; sólo los rumores que circulan por el palacio.

—¿Y cuáles son esos rumores?

Veloz como el Viento lo sujetó por el brazo y lo sacó del «Patio de los Pájaros». No convenía, le dijo, que los demás esclavos se enteraran de lo que estaban hablando. Ayar tenía espías por todas partes.

—Ven, vamos a pasear fuera de palacio; te contaré todo lo que sé.

Después de andar durante mucho tiempo, salieron sin ser vistos por una puerta disimulada detrás de un seto. Para ello tuvieron que separar las plantas que crecían sin apenas dejar espacio. Veloz como el Viento se conocía todos los recovecos. Después, al salir, la cerró con suavidad; desde fuera no se notaba que era una puerta; en realidad era una piedra que giraba sobre sí misma hacia fuera. Huamán se quedó boquiabierto.

—Nadie la conoce —le explicó el viejo chasqui—; se usaba hace muchos años para las entrevistas secretas del Emperador. Yo era el encargado de acompañar a las personas que salían o entraban por aquí. Puede que hasta al anciano Inca se le haya olvidado.

Siguieron andando largo rato por un pasadizo hasta llegar a una salida por la que tenían que pasar arrastrando el cuerpo. Después, el campo.

—¡Qué ingenioso!

—No se te olvide nunca esta salida, Huamán. Tal vez

algún día tengas que usarla. Por la misma razón, jamás cuentes a nadie el secreto.

—¿Ni a Mayta?

—Sólo en el caso de que Mayta o Hatun se encuentren en peligro. ¿Me lo prometes?

Asintió con la cabeza.

—Ahora escucha —se sentó en una roca—. El día que te conocí, tú, de una manera imprudente, pronunciaste un nombre: Masa Chupay.

—¿Quién es?

—Masa Chupay es uno de los nobles, junto con Ayar, más influyentes de la corte. Desapareció hace dos meses, unos días antes de llegar tú aquí.

—Pero, ¿por qué tanto misterio?

—El príncipe Atahualpa ha ofrecido una enorme recompensa a quien le pueda decir algo sobre su paradero. Era, junto con sus valerosos sinchis (1) Quisquis, Rumiñahui y Calkuchimac, su brazo derecho. Todas las sospechas recaen sobre Ayar, que es, a su vez, el brazo derecho del príncipe Huáscar, hermano de Atahualpa. Hay entre los dos hermanos una lucha a muerte por llevarse a la cabeza la Mascapaicha, el símbolo imperial, a la muerte de su padre.

—¿Y si se demuestra que Ayar mató a Masa Chupay?

—Atahualpa lo hará despellejar vivo. Tiene espías por todas partes para ver si se pronuncia el nombre

---

(1) Generales.

de Masa. Al desgraciado que lo haga lo hará torturar hasta morir para que cuente todo lo que sabe. Por eso, y aprovechando que Huáscar no está en la corte de Cuzco, humilla constantemente a Ayar: para provocarlo.

—Pero, ¿qué es lo que le hace dudar de él?

—Ayar y Coyllur desaparecieron a la vez que Masa Chupay. Varios días después se vio en palacio al noble Ayar con su hija. En realidad, desapareció en primer lugar la muchacha. Su esclava Curi, que está más muerta que viva por el susto, está casada con un hermano mío. Nos contó que una mañana al ir a despertarla no estaba en su habitación, había desaparecido. Se lo comunicó a Ayar que creyó volverse loco de dolor. Curi vio cómo metía en un fardo unas bolas, de las que se usan para inutilizar a los hombres en la guerra lanzándoselas a los pies, y un tumi de oro; después desapareció haciéndole prometer, bajo pena de muerte, que no diría nada de lo que había visto. Al poco tiempo, apareció en Cuzco cuando la noche extendía su manto sobre el palacio; Coyllur tenía las ropas destrozadas y aparecía pálida y desmejorada. Ayar hizo correr la voz de que su hija había estado enferma mucho tiempo y por eso no había salido de sus habitaciones; y que él había ido en una misión especial, enviado por el príncipe Huáscar, quien ratificó al Inca todo lo dicho por el noble. El día de la entrega de premios apareció la joven, radiante, hablando con el príncipe Atahualpa y vistiendo sus mejores galas.

»Nadie sabe en realidad lo que pasó ni dónde estuvieron padre e hija... Bueno, a decir verdad, nadie se enteró, como te he dicho, de su desaparición. Sólo lo sabemos mi hermano, su mujer, Curi, y yo; y ahora tú. Del silencio depende nuestra vida.

Huamán miró a Veloz como el Viento con el asombro pintado en el rostro como siempre que le contaba algo. ¿Cómo lograba enterarse de todo con esa exactitud? A continuación, le contó lo que él sabía.

—¿Crees que el noble que yo vi muerto es Masa Chupay?

—¡Muerto! Que los dioses protejan a Ayar y a su hija si Atahualpa se entera. Y no dudes de que se enterará. Pero, ¿por qué desapareció Coyllur?

—¿Y si Masa Chupay, por cualquier motivo, hubiera mandado secuestrarla?

—Muchacho, creo que has dado con la solución. Pero, ¿por qué la secuestraría?

—Pues no lo sé; pero está claro: primero Masa Chupay secuestró a Coyllur, después Ayar salió detrás de ellos y mató al noble. Mira, el día que yo encontré el cadáver algo me extrañó: la muchacha se sujetaba la capa con las manos en vez de con un alfiler. Y después vi al noble con un alfiler entre las manos; era, no cabía duda, el de la joven (y fue ese mismo alfiler el que vi prendido en la capa de Coyllur el día de la entrega de premios). El cadáver, cuando volví al mismo sitio, había desaparecido. Luego, Ayar, cuando se dio cuenta de la desaparición de la joya, volvió, se la quitó de las manos, y ocultó el cadáver para que nadie lo viera.

—Huamán, es necesario que no comentes nada de lo que hemos hablado con Mayta. Los secretos se extienden con la velocidad del viento; y pronto llegarían a los oídos de Ayar o de Atahualpa.

Tampoco es conveniente que nos vean juntos o Ayar empezará a atar cabos: yo, cuñado de Curi; tú, venido de Cajas donde sucedió todo. Y, tienes razón, procura no ver de momento a Coyllur. Faltan pocos días para el Inti-Raymin y los nobles estarán muy ocupados. Puede ser que el hecho se olvide poco a poco; aunque ya te he dicho que me extraña. Atahualpa es el más feroz de los hombres que he conocido; y tiene mucha influencia: no cejará hasta dar con el cadáver y el culpable. Temo que los dos príncipes desencadenen entre ellos alguna guerra.

Huamán palideció. Aquello era lo que temía el padre de Mayta; lo que habían leído en los pulmones de la llama. Pero no le dijo nada a Veloz como el Viento; la tristeza que intuía en sus palabras le impidió aumentar su intranquilidad con el comentario.

—Vamos, nos van a echar de menos en palacio. Estoy de acuerdo contigo, es conveniente callar por el momento; la vida de un pobre campesino como yo, y la de un viejo correo chasqui como tú, no tendrían ningún valor si alguien se entera de lo sucedido.

6

Las Vírgenes del Sol

AL llegar a palacio, Mayta lo estaba buscando; la satisfacción que leía en su cara le hizo pensar que una buena noticia era la causa de su alegría.

—Huamán, mi padre acaba de llegar. Viene como todos los curacas del Imperio para asistir al Inti-Raymin. ¡Si vieras los regalos que le ha traído al Emperador! Me los ha enseñado: finísimas telas de algodón, tejidos de plumas de pájaros exóticos, plantas aromáticas y armas.

—¿Sabe algo de mis padres?

—Tus padres estuvieron en mi casa cuando se enteraron que mi padre se iba a poner en camino. Y le encargaron que te entregara unas sandalias de agave y un cinturón, y que te dijera que no te olvidan; te echan mucho de menos. Pero que sienten una gran alegría porque Huáyna-Cápac te ha hecho una invitación personal para que te quedes aquí en palacio a pasar las fiestas. Ven —tiraba de su amigo, conduciéndolo hasta el patio por donde saldría su padre después de entregar los presentes.

Al poco rato Yupanqui aparecía vestido suntuosa-mente, sacudiéndose la ceniza de sus cabellos, ha-ciéndose acompañar de servidores que portaban las insignias de su tribu. La litera que lo había transpor-tado desde Cajas permanecía al cuidado de los es-clavos en los alrededores de palacio.

—Muchacho —dijo, dirigiéndose a Huamán—, me alegro de verte. En Cajas estamos muy orgullosos de ti.

Después llamó a Hatun.

—Vamos todos a comer algo. Mañana, si los sacer-dotes encuentran adecuado el día en las estrellas, co-menzarán los tres días de riguroso ayuno. Creo que ya algunos astrónomos han marcado la fecha del co-mienzo y han dispuesto el día exacto para la fiesta.

—Padre, queremos visitar el Curi-Cancha (1). ¿Po-dríamos acompañarte?

—¿No lo conocéis ya?

—No hemos tenido ocasión.

—Bien, pues andando; tenemos muchas cosas que preparar. Después iréis a conocer el Templo conmi-go, he de entregar los regalos al Sol. Así tendremos tiempo de ir comentando los acontecimientos que habéis vivido desde que estáis aquí. Y podremos dis-frutar del espectáculo que en estos días se desarrolla en Cuzco.

Los dos muchachos comenzaron a andar detrás de Yupanqui.

---

(1) Recinto de Oro. Dentro estaba el Templo del Sol.

—Dime, Huamán, hace tiempo que no hablamos, ¿has podido averiguar algo?

—Varias cosas, pero ahora no es el momento de comentarlas. Me temo que es más complicado de lo que nosotros creíamos en un principio; y más peligroso.

—Yo también he hecho algunas averiguaciones: la hija del noble Masa Chupay vive aquí en Palacio. Tiene aproximadamente la misma edad de Coyllur y el príncipe Atahualpa la ha tomado bajo su protección desde que desapareció su padre. Al principio, Coyllur y ella eran muy amigas; pero desde que ocurrió la desaparición han dejado de verse.

—¡Qué cosa tan extraña!

—El príncipe Atahualpa, asombrosamente, demuestra gran simpatía hacia Coyllur; y le hace objeto de continuos presentes.

—Pero si odia a su padre.

—Debe querer, por ese método, atraerse su amistad y su confianza. De esa manera le contaría todo lo que sabe, ¿no crees?

—Coyllur adora a su padre; nunca le traicionaría. Atahualpa se cansará pronto, tiene poca paciencia. Y pensará en otra manera de enterarse; entonces la vida de Coyllur correrá peligro.

—¿Cómo sabes tantas cosas?

Huamán le contestó con otra pregunta.

—¿Y tú?

—Mi criado Hatun ha hecho amistad con una de las esclavas de Masa Chupay.

Yupanqui se volvió hacia los dos jóvenes y los atrajo hacia sí, echando los brazos sobre sus hombros.

—¿Qué vais murmurando? —sin esperar contestación, se dirigió hacia Huamán—. Muchacho, te he traído unos presentes de tus padres. Tu madre está muy preocupada, teme que te pongas enfermo lejos de sus cuidados; o que te ocurra algo malo.

El muchacho sonrió; era muy propio de su madre el desplazarse como una sombra para que no se notara su presencia; el estar constantemente preocupada por su familia; y el imaginarse peligros inexistentes. Aunque esta vez, tenía que reconocerlo, su intuición no le había fallado. A decir verdad, nunca se equivocaba.

—Qué, ¿no me contestas?

—Mi madre siempre se preocupa por todo.

—La he tranquilizado, yo conozco a las mujeres. Además, ahora estaré yo aquí hasta que acaben las fiestas; no tiene nada que temer. Después —le dije— el muchacho volverá conmigo a Cajas; y lo tendréis de nuevo a vuestro lado.

—Me alegra saber que me dejarás volver contigo, señor Yupanqui.

—Cuando tus padres se despidieron de mí —continuó—, ella, que yo creía tranquilizada por mis palabras, se volvió hacia mí y me dijo: «Señor Yupanqui, algo en mi corazón me dice que mi hijo tardará en volver». Entonces tu padre la miró con reproche. «Tika

Sumaq —le dijo—, estás ofendiendo al Emperador dudando de la hospitalidad que ha ofrecido a nuestro hijo». Ella bajó los ojos avergonzada. Cuando salían, le oí decir en voz baja: «No es de nuestro Inca Huáyna-Cápac, cuya vida conserven los dioses muchos años, de quien temo nada». ¿Tú sabes por qué tu madre está tan asustada?

Mayta alentó con la mirada a Huamán para que hablara con su padre; el muchacho ignoró aquella mirada.

—No, señor Yupanqui. Ya te he dicho que mi madre no tiene motivos para esa actitud.

—No sé..., no sé —movió la cabeza dubitativamente—. Pero hoy, nada más entrar en palacio, noté que algo raro flota en el ambiente. Algo raro, sí. Nunca he tenido esa sensación cuando he venido al Inti-Raymin.

Continuaron andando hacia las habitaciones; pero Mayta y Huamán sabían que al señor Yupanqui no le faltaba razón.

*   *   *

Curi peinaba lentamente los cabellos de Coyllur. Estaba confundida, los sucesos de los últimos meses la tenían nerviosa; sobre todo la manera de comportarse de su joven ama. Antes, todo era alegría en las dependencias del noble Ayar; las risas de la niña llenaban todas las habitaciones, y su mirada era por aquel entonces tan alegre que se parecía a los élitros de los escarabajos cuando el sol incidía sobre

ellos arrancando bellas irisaciones; o a las alas de las mariposas cuando revoloteaban de flor en flor, mostrando sus deslumbrantes colores. Ahora no; se había vuelto más reflexiva y, en algunos momentos, parecía huraña.

—Me haces daño, Curi, no seas tan torpe, ¿es que ya no sabes peinarme? Y date prisa, no tardará mucho en llegar el yachapa (1) —miró a Curi sabiendo de antemano la expresión de su cara cuando nombraba al profesor—. ¿Qué te pasa?

—Lo sabes, mi plumita preciosa. Yo no sé cómo tu padre, el noble Ayar, consiente que aprendas igual que si fueras un muchacho. No está bien, mi niña, no está bien. Las mujeres tienen que saber tejer, hilar y cuidar su aspecto personal. ¡Pero leer quipus como los hombres...!

—Eso, lo de hilar y todo lo demás, me lo enseñaron a los ocho años, cuando fui ingresada en la «Casa de las mujeres escogidas»; allí fui educada como una mujer experta. Y yo no sé, cuando volví, por qué te encontré viva. Te pasaste llorando todo el tiempo.

Curi sonrió mirando a la «mujer experta» de apenas doce años, que tenía delante. Estaba en aquellos momentos jugueteando con el alfiler de oro y cuarzo que tenía en las manos. Aquello, para la esclava, era un enigma, ¿de qué manera había llegado el alfiler a sus manos? Cuando Coyllur volvió aquella noche con las ropas desgarradas, la había bañado y vestido con una túnica limpia; al revisar la capa no había encontrado el alfiler. Se preocupó mucho, era un regalo que el noble Ayar había hecho a su esposa y después de

_____
(1) Profesor.

su muerte pasó a la niña; ésta no se había separado jamás de él. Lo buscó por todas partes, sacudió la piel de la llama donde iba a acostarla, miró por todos sitios sin resultado positivo; su angustia crecía a medida que inspeccionaba todos los lugares posibles, sin encontrarlo. Al final, desesperada, decidió comunicárselo a Coyllur.

—No te preocupes —le había contestado, asombrándola con su indiferencia—; ya aparecerá, lo buscaremos mañana. Tengo mucho sueño y lo único que quiero es dormir.

Aún se acordaba Curi de la última vez que lo había perdido; lloró hasta quedarse dormida en sus brazos. De eso hacía escasamente seis meses. Y, ahora, esta indiferencia.

A la mañana siguiente, el alfiler aparecía prendido en una de las capas. Pero ella estaba segura de haberlas mirado todas en su frenética búsqueda. Al entregárselo, la niña había palidecido; pero sus palabras fueron tranquilizadoras.

—¿Ves, tonta Curi, como no debiste preocuparte anoche?

Y siguió con su quehacer sin demostrar la más mínima emoción. Aquello le había desorientado aún más, pero no volvió a hablar del tema porque intuía que alguien había puesto allí el alfiler aquella misma noche. Alguien que conocía bien las dependencias donde estaba guardada la ropa de la joven; y que había penetrado en ellas sigilosamente, sin hacer ruido. Ella tenía el oído muy fino y si la persona que había entrado hubiera tenido la más mínima vacilación y hubiera tropezado con alguno de los muebles, se habría dado cuenta. Sin embargo, nada de aquello había sucedido.

Abandonó sus cavilaciones al ver al noble Ayar entrar en la habitación.

—Coyllur —dijo, dirigiéndose a su hija—, pronto vendrá el profesor. Quiero hablar antes contigo. No —le apuntó a Curi—, sigue arreglándola; no te marches. Hija, quiero que conozcas los pasos que deberás seguir si te decides a ser Virgen del Sol; y no te llames a engaño.

—Lo sé, Tayta —lo llamaba padre, cariñosamente, abrazándolo mimosa.

—No, Coyllur, no sabes todo lo que te espera. No es Virgen del Sol quien quiere serlo, sino quien es elegida por el Consejo Imperial. El Gran Sacerdote y diez altos dignatarios examinarán tu belleza, tu edad, tus gustos y nuestra familia.

—Y eso a ti te molesta —se reía complacida, sabiendo el efecto que sus palabras hacían en su padre—. Soy sobrina nieta del emperador Huáyna-Cápac y sabes que saldré elegida, ¿verdad?

—No necesariamente; el Consejo es muy exigente. Se trata de servir a nuestro dios Sol, no lo olvides.

Curi regañó a la niña.

—Plumita preciosa, deja hablar al noble Ayar. Él sabe mejor que tú lo que te conviene.

Ayar no interrumpió a la esclava; no había querido que se marchara de la estancia porque sabía que adoraba a la niña y sería un buen aliado en contra de aquella disparatada idea.

—Si te admiten, hija mía, serás enclaustrada en el Templo y estarás trabajando muchas horas al día, preparando alimentos y bebidas destinados al Sol. No podrás deambular por bellos jardines, como los que tenemos en palacio; ni tendrás amigas con las que pasear escuchando el dulce gorjeo de los pájaros que tanto te gustan; ni cortar los primeros cantut del mes de las Vestiduras de las Flores (1).

—Y —aseveró muy seria la esclava, sabiendo que aquello iba a dolerle más que todos los sacrificios— no podrás ver a tu Tayta Ayar.

—¡Cállate, Curi! —aquellas palabras habían turbado el fondo de su corazón.

Curi ya sabía por dónde atacar; dejaría hablar al padre de la niña, mostrando sumisión, pero seguiría insistiendo.

El noble la miró, agradecido.

—Más tarde —siguió hablando a su hija—, cuando tu elección sea definitiva, te cortarán los cabellos, dejándote sólo trenzas sobre la frente y las sienes; te entregarán un vestido gris, a ti que tanto te gustan los colores alegres, y un velo gris; después el Gran Sacerdote te explicará tus obligaciones, que no podrás burlar bajo pena de muerte. A partir de ese momento serás novicia; así pasarás tres años hilando,

_____
(1) Mes de «Pacha-Pucuy» en el calendario inca; marzo en el gregoriano.

tejiendo y cuidando los elementos sagrados, bajo una severa disciplina.

—Y tú sabes, Tayta, que después de esos tres años, si no quiero, cuando el Gran Sacerdote me pregunte, le diré que no deseo quedarme para ser Virgen del Sol.

—Mi niña, yo las he visto por la calle. Sólo pueden salir en casos muy raros, y siempre acompañadas de otra Virgen o de guardias del Templo que portan una lanza para defenderlas. Y no podrás ver a tu Tayta jamás.

—¿Quieres callarte ya? Curi, eres una entrometida; no he oído a mi padre darte permiso para hablar —Coyllur estaba indignada.

—Tampoco le he dicho que se calle; por lo tanto puede explicar lo que sabe. ¿No quieres enterarte de todo? ¿O prefieres ir hacia algo con los ojos cerrados?

Coyllur bajó la cabeza, avergonzada.

—¿Cuándo será la elección?

—Después del Inti-Raymin.

—Lo pensaré, no quiero que sufras; pero yo me siento insegura. Si a ti te pasara algo —se arrodilló, abrazándose a sus piernas— no tendría quien cuidara de mí. ¿No lo entendéis ninguno de los dos? Me encontraría sola; en el Templo estaría protegida, nadie osaría jamás hollar el recinto sagrado.

Estalló en amargos sollozos.

—Mi niña querida, los dioses que te protegen a ti protegerán a tu padre; y nos tienes a nosotros, tus esclavos y criados, que daríamos gustosos la vida para defenderte de cualquier peligro.

—Mi inocente y buena Curi, ¿a Atahualpa lo llamas «cualquier peligro»?

Ayar palideció.

—¿Te ha amenazado el príncipe Atahualpa?

—No; y no me dan miedo sus amenazas, sino sus halagos. Me envía regalos constantemente, lo sabes, y de vez en cuando me hace preguntas que él debe creer que yo pienso que son inocentes. Preguntas que repite para ver si me pilla en algún renuncio.

—¿Sobre qué te pregunta?

—Casi siempre sobre «mi enfermedad». ¿Por qué estuve enferma? ¿Qué pócimas me dieron para curarme? ¿Qué alimentos comía en esos días? ¡Yo qué sé! Temo un día decirle lo contrario del día anterior. Él nota mi nerviosismo y parece olvidarse. Pero a los pocos días vuelve a preguntarme, no sin antes haberme regalado una bonita capa de fina tela de vicuña, las que están sólo reservadas a la Emperatriz, o brazaletes de coral y nácar. Tayta, tengo miedo. Si me voy al Templo allí no podrá acosarme con sus averiguaciones.

—Atahualpa volverá pronto a sus obligaciones. Cuando el Emperador marche a Tumipampa de nuevo, él lo acompañará; y no tardará mucho.

Ayar paseaba como una fiera enjaulada por la habitación. Las cosas eran más serias e iban más rápidas de lo que él pensaba.

Tendría que hablar con el príncipe Huáscar para ver qué solución debía dar a aquel problema. A él no le importaba morir a manos del feroz Atahualpa; sabía que lo mandaría desollar vivo cuando se enterara de lo sucedido, si Huáscar no llegaba a tiempo de poder evitarlo; pero a su hija... ¡Que no se le ocurriera ponerle una mano encima ni amenazarla!

Una esclava entró en aquel momento en la habitación.

—Noble Ayar, el profesor ha llegado para instruir a tu hija.

Curi secó las lágrimas de la niña.

—Ve a las clases, mi plumita preciosa. El noble Ayar encontrará la solución.

Abandonó la habitación mientras su padre no podía contener la emoción que sentía.

—Tenemos que alejarla del palacio, Curi. Pobre hija mía, el sacrificio que estaba dispuesta a hacer... Es una niña aún y está sufriendo mucho.

—Permíteme que te dé un consejo, señor.

En cualquier otro momento se hubiera encolerizado; pero el dolor que sentía no dejaba paso a ningún otro sentimiento.

—Habla.

La esclava, alentada por sus palabras, le indicó que hablara con la última persona cuyo nombre deseaba oír.

—¿Cómo te atreves, Curi, a proponerme semejante cosa?

—No te enfades, señor. Quiero a mi niña como si fuera mi hija; y no me importaría arrastrarme a los pies del último mortal del Imperio, si con ello lograba tranquilizarla.

Ayar se llevó la mano a la oreja desgarrada; era un movimiento inconsciente que lo calmaba y le hacía pensar tranquilamente.

—Tal vez tengas razón, ¿sabes dónde encontrarlo?

—Lo sé, señor.

—Dile que te he ordenado..., no, no..., más bien ruégale que venga a hablar conmigo. Y quiera el dios Sol que no te equivoques. Vamos, vamos, no te entretengas.

Curi respiró profundamente; estaba segura de que la persona de quien le había hablado al noble Ayar estaría dispuesta a ayudar a la niña.

Al poco rato aparecía acompañada.

Cuando estuvieron frente a frente, los dos hombres se miraron atentamente el uno al otro, intentando estudiar cada uno por su parte lo que pensaban. Ayar se dirigió hacia él, con una mirada llena de sinceridad.

—Siéntate...

7

La visita al Curi-Cancha

YUPANQUI, acompañado de Hatun y de los dos muchachos, emprendió su visita a Cuzco. Salieron de palacio después de haber tomado algunos alimentos y el curaca decidió ir andando como sus acompañantes; así que despidió a los criados que portaban su litera, dándoles permiso para que ellos también pudieran disfrutar del esplendor de la capital en aquellos días.

La mañana era ligeramente fría, por lo que echaron las capas sobre sus hombros, agradeciendo el calorcillo que ello les proporcionaba.

Anduvieron lentamente, paladeando aquellos momentos y hablando de los últimos acontecimientos sucedidos en la corte en las últimas semanas. Entraban en Cuzco cuando el sol estaba justamente sobre sus cabezas.

El curaca, convertido en un experto guía dado su conocimiento de la capital, iba explicando lo que veían con todo lujo de detalles.

—En estos momentos entramos a la «Plaza del Regocijo», donde se hacen los mercados, pero sólo los grandes; se compra y se vende todo lo que os podáis imaginar. Como veis es grande, ¿eh, muchachos? Por esta razón tienen también desarrollo las danzas. Y, lo más importante, aquí tiene siempre lugar la coronación de los nuevos emperadores.

—Ésta —se acercó a una gran piedra colocada en uno de los extremos de la plaza—, ésta es la Piedra de la Guerra, y sirve para que los generales tomen juramento al nuevo Inca. Mirad, ¿veis? De esta plaza salen cuatro grandes caminos, orientados según los cuatro puntos cardinales y en dirección hacia las cuatro partes del Imperio.

Los jóvenes, impresionados, miraron a Yupanqui, que en aquel momento levantaba los brazos hacia el cielo dando grandes voces.

—¡Oh Cuzco, Cuzco! ¡Eres el ombligo del mundo y nadie puede discutirte tu poder!

Después cerró los ojos un momento para reponerse de la emoción.

Cuando se encontró de nuevo dispuesto, fueron atravesando distintas calles, construidas como un damero y, entre risas y exclamaciones de admiración de Hatun y los muchachos, les fue explicando el poético nombre de cada una de ellas.

—Ésta es «Lugar que Habla», llamada así porque aquí se da lectura a los pregones del Emperador... Esta otra, «Serpiente de Plata», ¿no os fijáis cómo está atravesada por canales de agua, prístina como el cristal?... Y ésta, «Flores de Cantut». Cuando llega el mes de «Arihuaquis» (1), los claveles estallan radiantes en toda la calle, sobre los macetones en que están plantados... Esta otra es «Cola de Puma»..., ésta, «Barraca de Sal»... Y ésta... y ésta... calles y calles, plazas, fuentes, increíbles edificios de piedra...

Se volvió hacia los jóvenes.

—¿Estáis cansados?

—Estamos deslumbrados —contestaron al unísono.

—Mirad —seguía enfervorecido con sus explicaciones—, mirad esos edificios: los constructores, por orden de sus dueños, han hecho poner en el techo largas tiras de oro que tienen aspecto de paja. ¿Notáis cómo brillan? Pero el espectáculo más bello se produce a la puesta del Sol: todo Cuzco parece un gigantesco incendio a esas horas de la tarde.

—Padre, eso fue exactamente lo que nos pareció a nuestra llegada.

—Venid, entramos ahora en el Hurín Cuzco, la parte inferior. Aquí viven los nobles y está el Curi-Cancha, el Recinto de Oro; la Casa de las Vírgenes y el Templo de las Serpientes.

—Señor Yupanqui, ¿cuántos años hace que está construido el Curi-Cancha?

—Hace casi cuatrocientos años; ha cambiado mucho desde que lo mandó construir nuestro primer Emperador, el Inca Manco-Cápac. Y ha crecido tanto que dentro de sus muros de piedra tiene seis grandes edificios: el Templo del Sol, el de la Luna, el de las

_____
(1) Mes de la «Danza del maíz joven». Correspondía al mes de abril.

Estrellas, el del Rayo, el de la Lluvia y el del Arco Iris.

Yupanqui, enfrascado en sus explicaciones, chocó sin darse cuenta con un hombre que andaba ensimismado contemplando también el Recinto de Oro. Enmudeció de pronto, mirando cómo desaparecía.

—No es posible. Qué gran parecido. Pero no puede ser, debo estar equivocado. ¡Han pasado tantos años! Todos hemos cambiado; y él desapareció... No se volvió a saber nada...

—Padre —Mayta zarandeaba al curaca, que permanecía asombrado, con los ojos muy abiertos, mirando hacia la entrada del Recinto—, padre, me asustas, ¿qué te pasa?

No se movió.

—Padre, contéstame, ¿qué has visto?

Sacudió la cabeza, intentando alejar tristes pensamientos.

—Además —continuó hablando solo—, hace más de cincuenta años. Con toda seguridad ha muerto ya.

—¿De quién hablas?

Miró a su hijo como si lo viera por primera vez.

—De un gran muchacho que pertenecía a la familia imperial; fue compañero mío en la escuela de los nobles. A pesar de ser un príncipe, hijo del anterior Inca, Topa Yupanqui, era una de las personas más humildes y buenas que he conocido nunca. Pero amaba la libertad como a su propia vida.

—Entonces, era hermano del emperador Huáyna-Cápac.

—Sí, pero sólo de padre, su madre era una concubina.

—Y, ¿lo has visto ahora?

—No —contestó con tristeza—, no creo que fuera él. Ha sido... un fantasma del pasado, un recuerdo. Pero ese hombre se parecía tanto que ha desencadenado en mí tristes recuerdos. El príncipe Munakuq desapareció de pronto. Pregunté por él a todos los esclavos y servidores de palacio, a profesores y compañeros. Desapareció, simplemente, y yo me quedé sin mi mejor amigo. Nunca podré perdonarle que se fuera así, sin una palabra de despedida.

—Munakuq, Amable; tenía un bello nombre.

—Sí, un bello nombre que se correspondía con su forma de ser.

Siguieron andando, sin interrumpir los recuerdos del curaca. Pararon cuando llegaron al Inti-Pampa, el Campo del Sol, situado en el centro del Recinto.

Si los muchachos creyeron con anterioridad que nada podía competir con lo que habían visto hasta entonces, se dieron cuenta en seguida de su equivocación: el centro estaba ocupado por un gran pilar de piedra recubierto de oro, en todos sus lados tenía grabada la imagen del Sol. Los campos que lo circundaban, con terrones que simulaban el suelo, las cañas de maíz en plena floración, todo era de oro. Los orfebres que habían trabajado en su construcción, habían copiado a la Naturaleza sus mejores paisajes, los más idílicos que pudieron encontrar, trasladándolos al Inti-Pampa. Hasta las llamas de tamaño natural, que se-

mejaban estar pastando en aquellos campos reparti-
das por doquier, eran de oro puro.

Pasaron mucho tiempo en aquel lugar, ninguno quería abandonarlo.

Cuando salieron, llevaban sus ojos empapados de los
sueños que había creado el delirante esplendor del
Recinto de Oro.

—Señor Yupanqui, cuando yo cuente esto a mis padres, ¿me creerán?... Creo que no —se contestó a
sí mismo Huamán—, dirán que son fantasías mías.

—Hijo mío —el curaca sonrió al muchacho—. Hoy
todo el mundo sabe cómo es el sagrado Cuzco. Pero,
si el Recinto de Oro fuera destruido y, dentro de muchas lunas, miles de ellas, tantas que no viviríamos
nosotros ni los hijos de nuestros hijos, alguien expli-
cara cómo había sido..., entonces creerían las generaciones venideras que lo que hoy contemplamos
son fantasías inventadas por las mentes calenturien-
tas de los más viejos del lugar.

—Ni la más ardiente fantasía podría imaginarse esto,
señor Yupanqui.

—Tienes razón, muchacho. Bien, no nos pongamos
serios, disfrutad hoy cuanto podáis. Mañana todo se
paralizará en Cuzco; se apagarán los fuegos; callarán
sus habitantes...

—... y no comeremos en tres días —Mayta se llevó
las manos al estómago en un gesto de resignación—.
Me entra hambre sólo de pensarlo.

Sus risas se confundieron con las trompetas que sonaban por las calles, anunciando la llegada de algún alto dignatario.

Llegaban a palacio cuando Cuzco se envolvía con las primeras sombras de la noche. Los muchachos, contentos; Yupanqui, pensativo.

A pesar de querer disimularlo, no había podido olvidar en todo el día al príncipe Munakuq, su querido amigo de la infancia.

En un día como aquél, más de cincuenta años antes, habían visitado juntos el Recinto de Oro. Y sus palabras, a pesar de no haberlas entendido entonces, le habían impresionado hasta el fondo de su alma.

—Yupanqui, la libertad tiene más valor que todos los tesoros del Curi-Cancha.

Al día siguiente, desapareció.

¿Quién habría infundido en el corazón del joven príncipe tan raras ideas?

*   *   *

Atahualpa, sorprendentemente, dejó de acosar con sus preguntas a Coyllur. Cuando se cruzaba con ella, lo más que se permitía era lanzarle una aviesa sonrisa, sin llegar a pronunciar una palabra en su presencia.

Sus obsequios cesaron; lo mismo que sus investigaciones.

El noble Ayar estaba sorprendido. Porque todo había sucedido a raíz de la entrevista con aquella persona.

No, se decía convencido, era imposible que aquel hombre hubiera podido conseguir tan extraordinarios resultados. Aunque se lo jurara y perjurara por todos los dioses del Imperio juntos. Aquello era..., una casualidad. Esa exactamente era la palabra: casualidad. O, simplemente, que el príncipe se había cansado al ver que no obtenía nada con sus insistentes preguntas.

Sólo Curi, la esclava, sabía la verdad; estaba rebosante de alegría. Su niña había vuelto a la normalidad, y había olvidado aquella disparatada idea de ser Virgen del Sol.

Pero ni Curi ni su noble señor, tenían idea de los planes que Atahualpa estaba tramando. Ni de que se estaban acercando con la velocidad del rayo a sus vidas; deshaciendo su reciente felicidad como se deshace una pompa de jabón cuando su delgada superficie sólo emite sombrías y negras tonalidades.

*   *   *

Mayta y Huamán estaban sentados delante de una de las albercas de palacio que estaba rodeada de mirtos. La planta, aunque no tenía flores en aquella época, conservaba el verde de sus hojas con un matiz brillante. Mayta introducía de vez en cuando la mano en el agua asustando a los peces, que huían en bloque de lo que consideraban un peligro.

—Huamán.

—No me lo digas, Mayta, no me lo digas: no me nombres la comida, por favor.

—Ahora mismo me gustaría estar en Cajas, allí no habría que ayunar en estos días.

—Y a mí; pero no cambiaría en estos momentos mi estancia en Cuzco ni por los mejores manjares del mundo.

Veloz como el Viento se acercó a ellos sigilosamente, dando un susto a los dos muchachos.

—Huamán, traigo un mensaje para ti.

—¿De quién? Veloz como el Viento, cada vez que nos vemos me intranquilizas.

—No es ése mi deseo, muchacho. Pero, si no quieres, puedes rechazarlo.

—¿No será de Ayar?

—No es de Ayar —dijo, sentándose a su lado y fingiendo indiferencia.

—¿De Coyllur?

Veloz como el Viento arrancó parsimoniosamente una matita de mirto y se la llevó a la boca, saboreándola con fruición.

—Tampoco es de Coyllur.

Huamán se quedó en silencio pensando que Veloz como el Viento era un ser extraño; le confundía su manera de ser. Siempre hacía gala de una gran ternura, de una amabilidad desconcertante. No le había visto nunca enfadarse; y hasta puede que, en un esfuerzo de imaginación, se le pudiera confundir con uno de los nobles incas que habitaban en palacio. Claro que tendría que hacer un gran esfuerzo, porque una sola mirada a sus orejas hacía comprender en seguida que no pertenecía a la clase elegida. Pero tenía un porte... especial; y es que, tantos años de contacto con el Emperador estando a su servicio, tenían a la fuerza que haberle educado. Sus movimientos, su manera de hacer las cosas, todo le recordaba a alguien que no podía precisar. Hasta su manera de mover las cejas le era familiar al muchacho.

—¿Piensas decirme de quién es el mensaje?

—Del emperador Huáyna-Cápac.

Se levantó de un salto.

—¿Quiere que vaya a verlo? —su cara demostraba incredulidad.

—No hace falta, no te alteres.

—¿Qué..., qué es lo que quiere de mí?

Veloz como el Viento sonrió con ternura ante la ingenuidad del joven.

—Nada, muchacho, nada. Te invita a que, el día de la fiesta, puedas acceder al Templo del Sol.

Huamán no entendía aquella invitación.

—¿No lo entiendes, verdad? Siéntate, te lo explicaré. Al Templo, el día del Inti-Raymin, sólo pueden entrar los componentes de las panacas imperiales, es decir, las grandes familias del Emperador. Incluso los altos dignatarios y los curacas deben quedarse en la puerta.

—¿Y por qué me invita a mí? Yo no sé lo que hay que hacer.

—Yo te lo explicaré; esta noche, cuando la Luna esté justamente encima de palacio, te espero en el «Patio de los Pájaros». Allí te contaré todo lo que quieras saber sobre la fiesta y cómo debes comportarte en ella.

Se oyeron pasos detrás de los mirtos. Una voz gritó.

—Mayta, ¿dónde estás?

—Es mi padre. Aquí, detrás de los mirtos.

Yupanqui separó los arbustos y dio la vuelta al ver a los jóvenes. Cuando apareció a su lado, Huamán miró extrañado a su alrededor: Veloz como el Viento había desaparecido.

Yupanqui se sentó al lado de los muchachos.

—Hay una gran excitación en palacio.

—Claro —dijo Mayta, riéndose—, todo el mundo está muerto de hambre.

—No bromees, hijo. Debe ser algo serio; los esclavos se deslizan como sombras, no se oye hablar a nadie, pero a todo el mundo se le nota intranquilo.

—Pero, padre, ¿tú no dijiste que eso pasaría en los días de ayuno?

—Es otra cosa, Mayta, pero yo no alcanzo a comprenderlo. Sólo he podido oír a una criada, quien, en un susurro, comentaba con otra algo que me ha llenado de extrañeza. Cuando notaron mi presencia, escaparon de mi lado como si yo fuera un fantasma.

—¿Qué decían?

—Comentaban que la hija de Masa Chupay se ha cortado los cabellos. Eso quiere decir una cosa: que Masa Chupay ha muerto y ha aparecido el cadáver.

Sólo en ese caso una mujer se corta los cabellos: en señal de duelo.

Huamán había palidecido. Se levantó.

—¡Por todos los dioses! Tengo que hablar con él.

Salió a todo correr, dejando con la boca abierta a Yupanqui.

—¿Qué le pasa?

—Querrá hablar con Veloz como el Viento.

—¿Quién es Veloz como el Viento?

—¿Es posible que no lo conozcas, padre? Lleva en palacio, al servicio del Emperador, más de cincuenta años.

—Llevo viniendo a Cuzco al Inti-Raymin casi tantos como esos y es la primera vez que escucho ese nombre. Hijo, me parece que hemos hablado poco tú y yo. Vamos hacia las habitaciones y me vas contando esa extraña historia que Huamán y tú lleváis tan en secreto.

—Pero, padre, ¿cómo sabes...?

—Los viejos, Mayta, sabemos algo más de lo que creéis los jóvenes. Vamos, hijo, cuéntame.

La Luna se estaba ocultando detrás de palacio, cuando Yupanqui y su hijo volvían a sus habitaciones.

El curaca movió dubitativo la cabeza al terminar de hablar su hijo.

—Me parece que Huamán está metido en un peligroso asunto; habrá que ayudarlo. Su madre tenía razón con sus temores.

8

El Inti-Raymin

FALTABAN varias horas para que amaneciera.
Sobre Cuzco, la atmósfera limpia hacía presagiar que el día de la Fiesta del Sol se desarrollaría conforme a los vaticinios de los astrónomos.

El palacio del Emperador vibraba de actividad; desde las primeras horas, las esclavas y los criados habían dispuesto las mejores galas del Inca para lucirlas en la fiesta y habían limpiado cuidadosamente las dependencias y los jardines por los que tenía que atravesar el sagrado hijo del Sol, aunque sus reales plantas jamás tocaran el suelo por donde pasaba.

Los portadores de su litera, atléticos muchachos pertenecientes a la tribu de los rucana, permanecían al lado de ella en espera de la salida.

Huamán no había podido dormir en toda la noche. Le molestaba el calor de su cuerpo devuelto por la piel de llama donde estaba acostado y los ronquidos de Hatun, quien, desde que llegó el padre de Mayta a palacio, compartía con él la habitación. Yupanqui se había acomodado en la de su hijo.

La noche anterior, en realidad sólo hacía un par de horas, había estado cambiando impresiones con Veloz como el Viento sobre la manera de comportarse en la fiesta. Pero el viejo chasqui aparecía taciturno, cosa rara en él; y no había querido hacer ningún comentario sobre la aparición del cadáver de Masa Chupay. Con un seco «ya hablaremos después de la fiesta», había saldado el asunto.

Cansado de dar vueltas se levantó con sigilo para no despertar a Hatun y salió a la terraza. El relente de la madrugada le hizo tiritar violentamente y penetró de nuevo en la habitación para echarse la capa sobre los hombros. El criado se había despertado ya.

—Huamán, no has dormido, ¿verdad?

—Es que estoy nervioso. Hay cosas que, por más que las pienso, no logro comprender. ¿Por qué el Emperador me ha invitado a entrar en el templo? Hay cientos de altos dignatarios y curacas que darían la vida gustosos por esta deferencia. ¿Por qué a mí precisamente? No soy nada, ni he hecho otra cosa que cumplir con mi obligación cuando denuncié la caída del puente de Cajas. Ni siquiera expuse la vida en ello.

—A veces los emperadores tienen extraños caprichos.

—No, no creo que sea ese el motivo. Y el no saberlo me preocupa y me inquieta.

—Escucha —Hatun se acercó a la puerta, arrimando a ella la cabeza—, se oyen murmullos. El Inca debe estar saliendo de palacio para dirigirse a la Gran Plaza. Vístete rápido; tendrás que unirte a la comitiva.

—No sé si quedarme aquí, Hatun.

—¿Y despreciar la invitación del Emperador? No seas niño, Huamán. Si el Inca te ha mandado un mensaje es porque quiere que asistas. Y, no lo dudes, si no vas notará tu ausencia.

Suspiró con resignación.

—Tienes razón; ayúdame a buscar mis ropas.

Hatun le ayudó a vestirse. Después corrió escaleras abajo y se unió al conjunto de nobles que acompañaban al Emperador, intentando ocupar discretamente el último lugar. Pero, antes de llegar al sitio para unirse a la larga fila, unos brazos lo sujetaron con firmeza, impidiéndole continuar su camino. Todavía no había amanecido y le costó identificar a la persona que lo había detenido con fuerza.

—Quédate a mi lado, muchacho.

El noble Ayar hablaba en un susurro imperceptible.

La comitiva avanzaba lentamente; llegaron a la plaza antes del amanecer, como estaba previsto.

Huáyna-Cápac descendió de la litera ayudado por los príncipes que lo acompañaban y se descalzó; todos imitaron su gesto. Después, en medio de un silencio total, miraron absortos la salida del Sol.

Dada la estudiada situación que el Inca ocupaba en la Gran Plaza, fue el primero en ver cómo el Sol doraba las cimas de las más altas cordilleras; se puso entonces en cuclillas, recibiendo el primer rayo de su divino padre sobre la frente. Extendió los brazos y lo besó con devoción. Todos los gestos y movimientos del Emperador fueron imitados por sus acompañantes.

Un alto dignatario acercó al Inca dos copas de oro, que sujetó con ambas manos, llenas del sagrado brebaje; mirando siempre al Sol, elevó la que tenía en la mano derecha y ofreció su contenido al Astro Rey, su padre. A continuación vertió su contenido en un canalillo que conducía al Templo; con la mano izquierda, llenó las copas de las personas más importantes que le rodeaban y los invitó a beber. Después penetró en el Templo, seguido por las familias componentes de las panacas imperiales; los curacas se quedaron fuera.

Huamán vaciló un momento sin saber qué hacer. Ayar, que penetraba en ese momento, volvió a tirar de él.

—Pasa, no obstruyas el camino.

El muchacho había ocupado una posición de privilegio al lado del noble, imitando todos sus movimientos. Pero a última hora pensó quedarse rezagado entre los curacas; Ayar, con su gesto, impidió aquella decisión.

El Inca estaba en aquellos momentos donando al Sol las copas en las que había bebido. Al acabar el acto, salieron y comenzaron los sacrificios.

Unos indios sujetaban a tres llamas negras, elegidas por su belleza; no había nada en ellas que rompiera la armonía de la ofrenda. Los indios, siempre mirando al Sol, las sujetaron con fuerza.

El encargado de los sacrificios eligió una de ellas al azar; le dio un seco golpe y abrió su pecho; por allí extrajo el corazón y los pulmones, leyó en ellos, después de insuflar aire, para averiguar si el Astro Rey estaba contento. Movió apenado la cabeza, el dios Sol no aceptaba aquel sacrificio, ¿tendría la llama alguna mancha o alguna imperfección que ellos no habían alcanzado a ver?

Se sacrificó al segundo animal. Y esta vez, con los pulmones en la mano, se volvió sonriente hacia la multitud; el divino Astro la aceptaba. La tercera llama, reservada en espera, fue retirada de la plaza; todos respiraron tranquilos. Si la segunda y la tercera llamas no hubieran sido agradables al dios Sol, habría sido señal de malos presagios para todo el Imperio.

Pero no había ocurrido tal cosa, afortunadamente, y la fiesta continuó ante el delirio y alegría de todos.

La carne de la llama, previamente cocida, se repartió entre los asistentes; después se bebió en abundancia.

Huáyna-Cápac, siguiendo un rígido protocolo, invitó primero a los capitanes más bravos y valientes, a los que se habían distinguido en los combates por sus acciones. Después a los curacas.

Como nadie tenía más importancia que el Sol, el Inca le ofrecía la copa que tenía en su mano derecha; a los demás les ofrecía el contenido de la izquierda. El que recibía esta copa bebía su contenido y, en señal de adoración, abrazaba al aire.

Después cada asistente invitaba a los de rango inferior a él. Cuando se había acabado se procedía en sentido inverso; pero como el Emperador no hubiera podido beber todo lo que se le ofrecía, sólo mojaba sus labios en la copa.

Estas copas, que el hijo del Sol había tocado con sus labios, eran guardadas como tesoros por las personas que se las habían ofrecido. Huamán, no dando crédito a sus ojos, vio cómo el Inca bebía un poco del contenido de su copa; después, se la devolvió sonriéndole con simpatía.

Las horas pasaban con lentitud.

Cuando el Sol, satisfecho por la fiesta, iniciaba su retirada ocultándose por los cerros y regalando a la multitud sus últimos rayos, la comitiva real se puso en marcha hacia el palacio.

Huamán, fatigado por estar tantas horas de pie, inició la despedida detrás de la comitiva.

Sin aliento para subir las escaleras que le conducían hasta su habitación, se quedó dormido al lado de una gran maceta de la primera terraza en la que se había sentado a descansar, abrazado a su copa. Cuando despertó, bien entrada la madrugada, notó con extrañeza que alguien lo había cubierto con una manta de colores.

En medio del sueño, se dio media vuelta y se arrebujó bien en ella; hacía tiempo que no dormía al aire

y con deleite aspiró el aroma de las plantas. No despertó hasta bien entrada la mañana.

*   *   *

Cuzco seguiría nueve días más de fiestas enfervorecidas. Danzas, banquetes y brindis se sucederían sin interrupción. ¡Un estallido de alegría y adoración al Inca y a su padre el Sol!

Los invitados, agradecidos por su participación en las fiestas, volvieron al punto de partida, proclamando la majestad del Emperador y su generosidad.

Pero no todo era alegría en palacio. Pronto estallaría el escándalo.

*   *   *

Sin saber por qué, el Inca aplazó su viaje hacia Tumipampa cuando todo estaba preparado para su partida.

El curaca Yupanqui lo hizo igualmente; su intención había sido marcharse con la comitiva real que, obligatoriamente, tenía que pasar por Cajas. Y llevarse con él a Huamán como les había prometido a sus padres. Pero tuvo que quedarse, le había llegado una orden terminante de permanecer en palacio hasta que se le diera permiso para la marcha.

Llevaban varios días de inactividad en las habitaciones. Huamán, a instancias del curaca, le había contado todo lo que sabía, ratificando lo explicado por Mayta.

—Sois dos insensatos, hijos míos; ahora no sabemos

qué pasará. Pero me temo que nada bueno; este silencio es muy sospechoso.

—Estoy asustado, señor Yupanqui. No he visto a Veloz como el Viento desde el día antes de la fiesta del Inti-Raymin. Él siempre estaba por los jardines del palacio.

—¿Para qué te va a ser útil, en este caso, un viejo chasqui?

—Sabe muchas cosas.

—Los chismes propios de los criados y esclavos. No debes preocuparte por él, muchacho, hay cosas más serias en las que pensar.

—¿No sabes cuándo podremos marcharnos, señor Yupanqui?

—No me acoses constantemente con la misma pregunta. ¿Es que no podéis entreteneros en algo? —se dirigió a su hijo—: Mayta, marchad los dos fuera de palacio y estirad las piernas; o pedid que os integren en algún trabajo. Os estáis poniendo nerviosos de tanta inactividad. Yo tengo que permanecer obligatoriamente en la habitación o en los alrededores por si me envían algún mensaje.

—¿Y si llegara cuando estemos fuera?

—No te preocupes, te dará tiempo a volver; no te voy a dejar aquí.

—Vamos entonces, Mayta.

—Ah —los detuvo en seco cuando ya estaban en la terraza—, no se os ocurra hacer planes disparatados; y tenedme informado de cualquier cosa. Tal vez todo iría de otra manera de haber sabido antes lo que sé.

Los dos muchachos comenzaron a correr escaleras abajo, perseguidos por la mirada de reproche del curaca. Se iban empujando uno al otro, intentando cada uno llegar el primero abajo.

Huamán fue el primero en darse cuenta.

—¿No oyes, Mayta?

—¿Qué tengo que oír?

—Ven, el ruido llega de la «Alberca de los Mirtos». Son trompetas.

Llegaron corriendo hacia el lugar y vieron a una multitud de criados que, al paso de una fastuosa litera, se inclinaban con reverencia.

—¿Quién será?

Se acercaron más y preguntaron a un esclavo.

—Es el príncipe Huáscar, el hijo del Emperador y de la Coya, la Emperatriz.

Precediendo a la litera, y a sus costados, numerosos guardias armados con estólicas, a la vez que acompañaban al príncipe, observaban alrededor con fiera mirada. Detrás, la comitiva de nobles avanzaba lentamente al ritmo que imponían los rucana que transportaban a tan noble señor.

—¿Qué hará aquí el príncipe Huáscar, cuando está a punto de marcharse el Emperador?

—Porque, en su ausencia, él gobierna Cuzco.

Huamán se volvió, sorprendido. Veloz como el Viento estaba a su lado. Tenía el cansancio reflejado en su rostro y parecía haber envejecido.

—¿De dónde sales?

—De entre los mirtos de la alberca —estalló en carcajadas, con aquella risa alegre que tanto gustaba a Huamán.

—Estás de broma, ¿verdad? Pues he necesitado hablar contigo en estos días; no he tenido a quién preguntar por tu paradero.

—¿Te divertiste en el Inti-Raymin?

—Mucho; pero no desvíes la pregunta.

—¿Te gustó la copa que te regaló el Emperador?

—¿Cómo sabes que me regaló una copa?

El viejo chasqui sujetó cariñosamente su brazo.

—Pedazo de tonto, ¿quién crees que te tapó con aquella manta de colores cuando te quedaste dormido en el patio? La habrás guardado bien, ¿eh?, quiero recuperarla, no tengo otra.

—¿Tú me tapaste?

—Te hubieras muerto de frío de no haberlo hecho. ¡Vaya un hombre que no tuvo ánimos para subir a su habitación a acostarse!

—Pues sabrás que hacía mucho tiempo que no había dormido tan bien.

—La libertad es muy bella, ¿eh? Tú estás acostumbrado a dormir al aire libre, te ahogan las paredes de las habitaciones cerradas; como a mí.

Mayta se había quedado pensativo. ¿Qué es lo que acababa de decir Veloz como el Viento? El parloteo de su amigo le impidió seguir pensando.

—Bueno, ¿se puede saber dónde íbais?

—A estirar un poco las piernas. Vente con nosotros.

—Tendréis que perdonarme; quiero darme un baño antes de la hora de la cena. Estoy agotado.

—¿Cuándo te podré ver de nuevo? Me marcharé pronto, en el momento que el señor Yupanqui reciba el aviso de la partida.

—Ya me verás...

Dio media vuelta y, con paso cansado, se dirigió hacia el fondo de la «Alberca de los Mirtos», desapareciendo de la vista de los muchachos. Cuando miraron a su alrededor, la comitiva también había abandonado el lugar.

*   *   *

Los días que siguieron a la llegada de Huáscar fueron un auténtico espectáculo para los muchachos. Con intervalo de varios días arribaron a palacio cuatro comitivas distintas de altos dignatarios, que rivalizaban en lujo unas con otras.

Sin embargo, el curaca Yupanqui aparecía con gesto malhumorado todo el día.

—¿Quiénes son, padre, los conoces?

Su cara adquirió un tinte sombrío.

—Los conozco.

Pero no aclaró más.

A instancias de Huamán, que notó algo raro en su mirada, acabó de explicarlo.

—Son los Consejeros Imperiales. Han debido ser llamados a Tumipampa por el Emperador.

—¿Para qué?

—Sólo hay una causa: los Consejeros Imperiales forman el tribunal que se encarga de juzgar a los nobles; o al pueblo llano, aunque éste tiene su propio tribunal de doce jueces, cuando se comete algún crimen grave en el Imperio.

—O sea —aclaró Mayta—, que vienen aquí para juzgar a alguien.

—Pero a alguien importante, ¿no es eso, señor Yupanqui? —Huamán había palidecido.

—No sé, no sé. Pero no me gusta nada el cariz que va tomando este asunto.

9

Extraña
visita

EL noble Ayar recibió una visita inesperada. Hacía mucho tiempo que estaba descansando en sus habitaciones, acostado sobre la piel de llama, cuando sintió una mano sobre su hombro. Al ir a incorporarse, otra mano tapó su boca con firmeza.

—Chist…

—¿Qué haces aquí?

—Mañana se reunirá el Consejo Imperial; lo presidirá el Emperador Huáyna-Cápac. Los príncipes Huáscar y Atahualpa estarán a su lado. Te llamarán al amanecer; prepara con cuidado tus respuestas.

—¿Por qué van a juzgarme?

—Atahualpa te ha acusado ante el Emperador de la muerte de Masa Chupay.

—Pero yo no lo he matado, ¡lo juro por el dios Sol!

—No levantes la voz, puede despertarse Coyllur; tiene el oído muy fino. Sé que tú no lo mataste, pero

Atahualpa está lleno de odio contra ti e intentará conseguir que te culpen. Yo te ayudaré.

—¿Tú...?

El asombro le impidió reaccionar a tiempo. Cuando se levantó, aquel hombre había desaparecido.

*   *   *

La mañana amaneció lluviosa y gris; hacía frío y Curi, la esclava del noble Ayar, decidió levantarse antes. Había pasado mala noche, soñando que alguien entraba en la habitación de su señor y hablaba con él en un susurro. Después había visto la sombra, aumentada por la luz de las llamas del brasero al proyectarse sobre la pared: una sombra larga y delgada que creyó reconocer. Se despertó sobresaltada, sudando. Sacó el brasero de la habitación y tapó a su niña Coyllur. Se volvió a acostar pero ya no había dormido, estaba inquieta. De vez en cuando estiraba un brazo hasta tocar el cuerpo de la niña, acostada a su lado.

Desde que había vuelto «aquella noche», el noble Ayar le había ordenado que no se separara de ella ni un instante durante el sueño; sabía que podía confiar en su oído, escucharía cualquier paso antes de... Se levantó angustiada de la cama. ¡Cualquier paso! Luego no había sido un sueño. Ella creía dormir pero, en realidad, se repitió excitada, no había sido un sueño. Alguien había estado en la habitación de su señor; y había salido sigilosamente de ella.

Abandonó el dormitorio arrastrando con cuidado los pies, y se dirigió hacia la del noble. Estaba echado so-

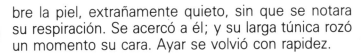

bre la piel, extrañamente quieto, sin que se notara su respiración. Se acercó a él; y su larga túnica rozó un momento su cara. Ayar se volvió con rapidez.

—¿Qué pasa? ¿Ocurre algo?

—Nada, señor, quería ver si te encontrabas bien.

—¿Por qué no había de encontrarme bien? Es de mi hija de quien debes cuidar; yo sé protegerme solo —se había encolerizado con la pobre mujer y dulcificó su voz—. Vete a la cama, Curi, aún es de noche.

—No puedo dormir. Él ha estado aquí, ¿verdad?

Suspiró resignado, le contestaría; si quería que se fuera pronto tendría que satisfacer su curiosidad, así le dejaría tranquilo.

—Sí.

—Para avisarte de que se acerca algún peligro, ¿verdad?

—Mientras menos sepas de este asunto, mejor para ti.

—Confía en él, señor.

—No me hagas reír, ¿has recuperado el sentido de la ingenuidad con la edad que tienes?

Bajó la cabeza; pero él captó la sonrisa.

—Curi, si a mí me pasara algo, cuida de Coyllur.

—¿Alguna vez, señor, le has recomendado a alguien que respire si quiere seguir viviendo?

—Tienes razón. Pero, además, te voy a pedir un favor: si yo falto, convierte para ella en memoria amable mi recuerdo. Y ahora vete —no quería emocionarse delante de su esclava.

Dio media vuelta y volvió a su habitación; la niña dormía apaciblemente.

Al poco rato, unos golpes secos, debido al contacto de las estólicas con el suelo, le hicieron comprender que el Consejo Imperial mandaba llamar al noble Ayar. Secó sus lágrimas y despertó a la niña cuando su señor se alejaba, acompañado de los guardias, hacia el salón del trono donde se desarrollaría el juicio. No tardarían en llamarla a ella; así que se dispuso a recordarle, con todo detalle, lo que tenía que contestar. Tal y como se lo dijo aquel hombre.

Otros golpes de estólica sonaron a la puerta de varias habitaciones. A la entrada del salón se encontraron las personas que los guardias habían avisado: el joven Huamán y su amigo Mayta, acompañados por su padre, el curaca de Cajas. Y Veloz como el Viento, que debía tener dolor de cabeza puesto que la llevaba tapada con un turbante que sólo dejaba ver su cara. Todos lo miraron extrañados, menos el Emperador quien, llevándose las manos a la boca, sofocó una incipiente sonrisa.

Encontraron al noble Ayar de pie ante el Inca, con los cabellos manchados de ceniza y portando un ligero fardo de plumas sobre sus hombros, en señal de humildad.

El Inca permanecía en su osño de oro; a ambos lados los dos príncipes: Atahualpa, con aspecto fiero y triunfante, estaba de pie con los brazos cruzados y las piernas separadas. Huáscar, sentado a la derecha de su padre, tenía el porte de una silente estatua pensativa.

Los cuatro Consejeros Imperiales permanecían también sentados, con gesto de preocupación en sus semblantes.

*   *   *

Coyllur escuchaba pacientemente las explicaciones de Curi, con movimientos afirmativos de cabeza, cuando los datos de que disponía la esclava coincidían realmente con lo que había sucedido.

No había derramado ni una sola lágrima al enterarse de que se habían llevado a su padre para juzgarlo; pero se había llenado de admiración al enterarse de que «aquella persona» había prometido ayudarlos cuando Curi le contó las dos entrevistas que había tenido con el noble Ayar. ¿Cómo era posible? ¿Qué poder tenía él, para asegurar tal cosa? Y, ¿cómo se había enterado de lo que pasó realmente, si ni su padre ni ella lo sabían?

Al arreglarla, Curi le había puesto uno de sus vestidos preferidos: la túnica azul cielo y una banda de muselina blanca alrededor de la cintura; lo acompañaban unas sandalias, también blancas, de lana de alpaca.

Su piel, ligeramente cobriza, en contacto con aquellos tonos pastel la hacían parecer una delicada figurilla de cerámica dorada. La esclava le había prendido sobre su cabello endrino, peinado con un flequillo sobre la frente, una diminuta matita de mirtos.

Después prendió su alfiler de oro preferido, el que había pertenecido a su madre, sobre una de las capas de vicuña que le había regalado Atahualpa. Así, según su esclava, se lo había recomendado «aquel hombre»; y la había dejado a la entrada de su habitación por si tenía que salir con prisas hacia el salón del trono. De esta manera no tendría que entretenerse en buscarlo.

Charlaba con Curi animadamente, cuando entró en sus dependencias una de las criadas.

—Mi joven ama, el profesor que te instruye está aquí.

—Voy a decirle que se marche —intervino Curi—, no creo que estés hoy de humor.

Coyllur contestó, riendo.

—Cualquier excusa es buena para ti, con tal de que yo no aprenda «cosas de muchachos», como tú dices. No, no quiero que se vaya; hoy puede ayudarme mucho. Dile que pase a la habitación que nos sirve de escuela. Ahora iré yo.

Curi torció el gesto, y Coyllur la amenazó cariñosamente con la mano.

—Estás muy rara últimamente.

Después salió a encontrarse con el profesor.

El anciano estaba ya sentado en el suelo, sobre una

piel de llama, poniendo en orden los quipus para empezar la clase.

—Buenos días, señor profesor.

La miró un momento, con la satisfacción pintada en los ojos.

—¿Qué me cuenta hoy mi joven yachapakuq (1)?

—Hoy quiero que me enseñes algo especial.

—Eso no es extraño en ti. Siempre quieres «algo especial». ¿Qué es hoy?

—Háblame sobre la justicia; y la manera de castigar a los infractores.

El profesor enarcó las cejas; pero no puso ninguna objeción a aquel capricho. Después comenzó a hablar lentamente, buscando las palabras adecuadas para hacerse entender mejor.

—Los delitos que se cometen en el Imperio son prontamente castigados, después de un juicio rápido. La sentencia que dictan los jueces no tiene apelación —miró a su joven alumna, por si su gesto le hacía comprender que no había entendido aquella palabra—, es decir, no se puede modificar en ningún caso. Existen dos tribunales: uno para los curacas, los jefes de los pueblos; y éstos, a su vez, son los jueces del pueblo llano. Además de otro especial para los nobles, cuatro miembros que forman el Consejo Imperial y que asesoran —miró otra vez a la niña—, es decir, que aconsejan al Inca.

—¿Y qué cosas se castigan?

_____
(1) Aprendiz.

—Lo mismo que en todas partes: el asesinato, la violencia, el robo...

Coyllur se estremeció ligeramente.

—¿Y cómo se castiga el robo?

—Se castiga con la muerte.

—¿Con la muerte?

—Sí, porque nadie tiene necesidad de robar en nuestro Imperio, todo el mundo tiene sus necesidades cubiertas. Y, si no tiene para comer alguna persona, y roba por ello, no se la castiga a ella, sino a sus superiores, que no han visto la necesidad en esa persona y no la han remediado. Por tanto, es a la persona que roba por vicio a la que se castiga.

—¿Y si una persona quita la vida a otra?

—Nadie debe quitar la vida a alguien, hija mía.

—Aun así, contéstame.

—Si ha sido para defenderse, el castigo no es tan severo. Pero si no ha sido así, puede llegar hasta ser arrojado por el precipicio de Ollantaytambo, cerca de Cuzco.

—Eso si la persona vive en Cuzco, ¿no?

El profesor carraspeó ligeramente. Aquella niña era más inteligente de lo que él creía: se había dado cuenta de que él estaba pensando en el noble Ayar cuando dio la contestación.

—Bien, ahora dime, ¿de qué manera se le castiga a un noble cuando roba algo que no le pertenece?

—Se le puede condenar a cadena perpetua; con la confiscación de sus bienes; con la destitución de los puestos importantes que ocupe; con la amonestación pública y cortes de pelo, rapándoselo totalmente.

Se levantó con gesto triunfante del lado del profesor.

—¿Algún castigo más?

—Se le encierra en celdas llenas de animales salvajes. Si no muere al cabo de cuarenta y ocho horas, es considerado inocente.

Curi interrumpió la clase, entrando en la habitación con los ojos llenos de lágrimas. En sus manos llevaba la capa de la niña.

Coyllur se dirigió al profesor.

—Puedes marcharte, te agradezco mucho los conocimientos que acabas de enseñarme. Puedes asegurar que, en tu vida, no has podido hacer mayor bien con tus enseñanzas a ninguno de tus alumnos.

Después tomó la capa de manos de Curi y se unió al cortejo de guardias que habían ido a buscarla.

Entró en el salón del trono con la serenidad pintada en el rostro.

El juicio

LAS personas que estaban en el salón del trono miraron expectantes a la niña.

Después de tomar declaración a Huamán, a Mayta y a Yupanqui, los cuatro Consejeros Imperiales habían interrogado al noble Ayar.

De vez en cuando lanzaban curiosas miradas al viejo chasqui, que permanecía sentado en el suelo, dando la espalda a todos los que habían declarado ya. Obviamente debía de tener el permiso del Emperador; si no, no se explicaba que pudiera estar presente en un juicio de las características del que allí se estaba desarrollando.

Cuando llamaron a Huamán en primer lugar, Atahualpa se había adelantado a los jueces, irritándolos interiormente.

—Dinos, muchacho, ¿conoces la primera regla que deben observar todos los habitantes del Imperio?

Huamán se levantó del suelo.

—Sí, mi señor, todo el mundo lo sabe.

—Pero yo te lo estoy preguntando a ti; no a todo el mundo.

—No robar, no mentir, no ser perezoso —contestó concisamente.

—Entonces, cuando te pregunten los nobles jueces debes decirles toda la verdad.

Sin una vacilación, Huamán les había explicado sus movimientos de aquel día; no fue interrumpido en sus declaraciones. Al terminar, el príncipe Atahualpa, de nuevo, se dirigió a él.

—Pero tú dijiste al noble Ayar que no lo habías visto en Cajas.

—No, gran señor, yo no le dije eso a Ayar. Lo que le expliqué, al preguntarme él, fue que mi amigo y yo no habíamos visto su litera; que, en caso contrario, no la habríamos olvidado nunca. En ningún momento el noble Ayar me preguntó si yo lo había visto en Cajas.

Ayar había palidecido; el príncipe sabía, paso a paso, de sus conversaciones con el muchacho.

Veloz como el Viento sonrió al ver enfurecerse a Atahualpa.

—¡Condenado campesino! —le interrumpió el príncipe—, estás tratando de confundir a este tribunal. Porque tú sabes que el noble Ayar quitó la vida aquel día a Masa Chupay.

—No, gran señor, yo eso no lo puedo asegurar; ni podría jurarlo ante el dios Sol. Lo que vi fue que bajaba enfurecido gritando el nombre que acabas de pronunciar, seguido de su hija, por el camino donde encontré tendido a aquel noble.

Huáscar, silencioso hasta aquel momento, se dirigió a su hermano.

—Señor Atahualpa, estás aterrorizando al muchacho. Deja que los Consejeros Imperiales desarrollen su labor sin interrupciones.

El Emperador asintió con la cabeza, aceptando las palabras de su hijo mayor y mirando a su hijo más joven.

Pero los Consejeros consideraron suficientes sus declaraciones y no le preguntaron nada más.

Después le tocó el turno a Mayta; con voz dulce, relató lo que sabía. Yupanqui corroboró lo dicho por los dos muchachos.

Según había ido desarrollándose el juicio, Ayar se fue sintiendo más tranquilo. La presencia de Huáscar equilibraba las fuerzas, evitando que Atahualpa se hiciera dueño de la situación.

¿Quién lo habría avisado tan oportunamente?

—Señor Ayar, cuéntanos cómo sucedió todo.

Se levantó, colocándose el fardo sobre la espalda. El Inca le dio permiso para dejarlo en el suelo.

—Comienza tu declaración —le animó el Emperador.

—El noble Masa Chupay —comenzó con voz temblorosa, que luego se fue reafirmando— estaba al frente de una conspiración en contra de mi señor Huáscar.

—¡Mientes! —rugió Atahualpa.

—Noble señor —el Emperador lo miraba con reproche—, deja hablar a Ayar.

—Se le habían adherido —continuó impasible el noble— las panacas imperiales del Hanan Cuzco (1). Me enteré y fui a hablar con él para hacerle desistir. Masa Chupay, le dije, eso dividirá nuestro gran Imperio.

«No me hizo caso, y me habló con hirientes palabras, amenazándome con la muerte si el Emperador se enteraba. Como me viera decidido a poner al corriente a nuestro Inca, secuestró a mi hija Coyllur, queriendo comprar de esa manera mi silencio.

»Loco de dolor, salí detrás de él; suponía que intentaría llevar a mi hija a Tumipampa, ¿qué lugar mejor para esconderla que el mismo palacio Imperial? Les di alcance, después de varios días, pasado el puente colgante de Cajas. Éste no se había roto accidentalmente, sino que él cortó por un extremo la cuerda de cabuya, cuando vio que yo los perseguía, para impedirme cruzarlo. Pero me dio tiempo, afortunadamente.

»Mi hija, en un descuido, intentó escaparse. Más ágil que él por su juventud se zafó de sus manos; al querer retenerla por la fuerza rompió sus ropas y se quedó con el tupu, el alfiler de oro de la niña, desgarrando su capa.

»Coyllur corrió hacia mí, llorando desesperada. Me

---

(1) Hanan Cuzco, parte de arriba, eran las panacas de Atahualpa. Hurín Cuzco, parte de abajo, las de Huáscar.

deshice de su abrazo sentándola en el suelo y corrí detrás de Masa Chupay que volaba, más que corría, cerro arriba.

»Cuando llegué a un recodo, parándome para llenar de aire mis pulmones cansados, quedé paralizado por el terror: Masa estaba tendido en el suelo con los pies sujetos por unas bolas y un tumi de oro atravesándole el corazón.

»Volví sobre mis pasos, lleno de angustia, y busqué a mi hija. Bajamos, pero ella lloraba por haber perdido su alfiler, nunca se había separado de él. Di otra vez la vuelta para recuperarlo, pero el cadáver había desaparecido.»

Acabó su declaración, inclinándose ante el Inca.

Atahualpa estaba lívido de ira. Pero un gesto de la mano de su padre lo dejó clavado en el suelo sin emitir palabra.

Los Consejeros Imperiales hablaban entre sí en voz baja. Después se dirigieron hacia los guardias de la entrada.

—Traed a Coyllur.

Cuando entró, la niña se dirigió directamente al Emperador sin levantar la cabeza; después la inclinó tres veces con un gracioso movimiento lleno de dignidad. Huáyna-Cápac la mandó acercarse.

—Hija mía, ¿sabes lo que aquí se está juzgando?

—Sí, mi señor.

—Bien, entonces contesta con toda sinceridad a lo que te pregunten los nobles Consejeros Imperiales.

—Señora Coyllur —le preguntó uno de ellos, dándole el tratamiento adecuado por su nobleza, pero enternecido por su juventud—, cuéntanos lo que pasó aquel día.

—Antes, hay una cosa importante que quiero que sepáis, nobles Consejeros.

—Empieza entonces por donde creas necesario.

—Una noche, cuando mi esclava Curi acabó de bañarme, me acompañó a mis habitaciones; me dormí enseguida porque estaba muy cansada. Desperté sobresaltada al notar que me sujetaban por los hombros y tapaban mi boca con fuerza. Dos hombres me envolvieron en una manta y uno de ellos me cargó sobre sus hombros. Cuando me pusieron en pie, el otro me ordenó ponerme la capa, que habían debido sustraer de mi habitación. La sujeté con el tupu de oro que llevaba prendido. Al poco rato apareció el noble Masa Chupay.

Paró a tomar aire; después, su voz cantarina siguió relatando pausadamente.

—Al principio todo fueron halagos. Me pidió humildemente que convenciera a mi padre para que callara y olvidara aquel asunto. Yo no sabía de qué se trataba; pero él no lo creyó, pensaba que me burlaba de sus súplicas. «Eres una insensata», me dijo. «Vendrás conmigo». Me envolvieron en la manta otra vez. Cuando me soltaron en el suelo habían pasado muchas horas; miré hacia atrás; Cuzco se veía lejos, emergiendo del suelo con las primeras luces del alba.

Un Consejero se dirigió hacia ella.

—Descansa un poco, señora Coyllur.

—Gracias, noble señor; pero no estoy cansada. Como os digo, Cuzco quedaba lejos; y yo comencé a llorar. Si a mi esclava no se le había ocurrido entrar en mi habitación, mi ausencia no se notaría hasta bien entrada la mañana.

«Seguimos caminando en marchas de varios kilómetros diarios; los dos hombres, con Masa Chupay al frente, se turnaban en cargarme sobre sus espaldas para que yo no me cansara y pudiera interrumpir la marcha. Al iniciar la entrada al puente colgante de Cajas, el noble despidió a los esclavos y comenzamos a caminar sobre él. Pero algo alertó a Masa quien, volviendo la cabeza, vio que mi padre nos seguía a corta distancia. Tiró de mí y, al llegar al extremo final, sacó el tumi y comenzó a segar la cabuya. Pero mi padre estaba cada vez más cerca y, dejando la cuerda a medio cortar, me obligó a seguirle cerro arriba.»

Veloz como el Viento la observaba atentamente, sonriéndole para infundirle valor.

—Masa estaba cada vez más cansado; no así yo, que había sido transportada a hombros las largas jornadas. En un descuido suyo, al pararse a tomar aire, intenté desasirme de él. Al darse cuenta, intentó sujetarme por la capa; pero se quedó con el alfiler en la mano, rasgándola de arriba abajo.

«Salí corriendo desesperada, llamando a mi padre. Cuando llegué a su lado, me abracé a él llorando.»

Huáyna-Cápac levantó la mano.

—No sigas, joven Coyllur. El resto ya lo sabemos.

Después movió extrañado las cejas.

—¿De dónde has sacado esa capa de fina lana de vicuña? ¿No sabes que sólo puede lucirlas la Emperatriz?

—Tu noble hijo, el príncipe Atahualpa, me ha regalado varias, gran señor.

Atahualpa, rojo de indignación, se dirigió hacia ella con mirada amenazante.

—¡Astuta y pérfida serpiente!

—¡Quieto!

Todos los asistentes al juicio se quedaron petrificados: Veloz como el Viento se había levantado de un salto, cortando el paso a Atahualpa y sujetando su brazo.

—¿Cómo te atreves, viejo y decrépito esclavo, a dirigirte a mí en ese tono? ¡Mandaré que te desuellen vivo y que expongan tu cuerpo al aire hasta que el sol calcine tus huesos!

La escena se había desarrollado tan rápidamente que no había dado tiempo a que los Consejeros Imperiales reaccionaran; miraban, con el asombro pintado en sus rostros, al anciano chasqui.

Iban a hablar, cuando el Emperador se adelantó a ellos.

—Ocupa tu puesto, señor Atahualpa —aquel título en labios del Inca sonó más a amenaza que a halago—; deja hablar a Veloz como el Viento.

—Señor... —la indignación no dejaba expresarse al príncipe.

Huáscar volvió a dirigirse a su hermano, sin alterar la voz.

—Obedece las indicaciones de nuestro padre. Y tú, Veloz como el Viento, tienes la palabra.

Yupanqui, el padre de Mayta, susurró lleno de admiración.

—No puede ser... No, no puede ser...

—Padre —Mayta se asustó al verlo tan pálido—, ¿qué te pasa?

—¡Es imposible! —volvió a repetir Yupanqui.

Los Consejeros Imperiales reclamaron silencio con un gesto. Después, animaron al viejo chasqui a que hablara.

—Permitidme, nobles señores. Suplico al noble Ayar que se sitúe a mi lado.

Ayar no sabía qué hacer; Huáscar lo invitó a que se acercara.

—Noble Ayar —dijo el chasqui—, toma este cuchillo entre tus manos e intenta matarme.

—¿Qué has dicho? —no podía creer lo que Veloz como el Viento le estaba diciendo.

—Vamos, vamos, no te entretengas; el juicio se está alargando demasiado.

Se acercó a él y sujetó el cuchillo con sus manos. Después, lo levantó contra el anciano; pero al ir a introducirlo en su pecho, Veloz como el Viento se separó ágilmente. El tumi quedó prendido en sus ro-

pas, a la altura del hombro derecho. Ayar había roda-
do por los suelos como consecuencia del zancadilla-
zo que le había proporcionado. Después el viejo chasqui se volvió hacia el Emperador.

—Gran señor —dijo inclinándose tres veces—, este
hombre no mató al noble Masa Chupay. Lo que estáis viendo —señaló el cuchillo— lo demuestra.

—¿Que tonterías son esas? —Atahualpa intervenía
otra vez.

Sin prestarle la más mínima atención, el anciano preguntó a los Consejeros Imperiales.

—¿Podéis decirme, nobles señores, dónde tenía
Masa Chupay clavado el tumi?

—Hacia la parte izquierda de su pecho —contestaron sin alcanzar a comprender la utilidad de la
pregunta.

—Como habréis observado, el noble Ayar, aunque
siempre ha tratado de disimularlo, es zurdo. En ningún caso podía haber herido a Masa Chupay en ese
sitio. Lo habéis visto cuando ha intentado clavarme
a mí el cuchillo: ved la posición que todavía ocupa
en mis ropas.

Atahualpa se levantó de un salto.

—¡Chismoso y viejo cínico! ¿Tú quién eres para asegurar tal cosa? ¿Cómo te atreves a hablar con ese
descaro?

—Vuelve a sentarte, señor Atahualpa —las palabras
del Emperador sonaban con la frialdad del cristal—.
Está perfectamente legitimado para ello; como todo

príncipe que pertenezca a cualquiera de las dos panacas imperiales.

—¿Príncipe? ¿Has perdido la cabeza, señor?

—Reprime tu lengua, Atahualpa —esta vez era Huáscar el que se dirigía hacia él—. Es hermano de nuestro Emperador y padre; hijo, como él, del anterior Topa Yupanqui.

Como impulsados por un resorte, todos los asistentes al juicio se levantaron de un salto. El padre de Mayta tenía los ojos arrasados en lágrimas.

—Es él; el príncipe Munakuq, mi gran amigo de la infancia. Fue a él a quien vi en el Curi-Cancha.

Su voz resonó como un trallazo en el salón del trono.

Veloz como el Viento arrancó el turbante de su cabeza; y le dirigió una cariñosa sonrisa.

Huáyna-Cápac impuso silencio.

—Voy a contaros algo que, bajo pena de muerte, no debe salir del salón donde nos encontramos: «Mi hermano es el príncipe Munakuq, Amable. Hace muchos años, tal vez cincuenta, antes de los exámenes que todos los aspirantes a la nobleza hacen en el monte Huanacauri, y después de orar dirigiendo sus plegarias al Sol, la Luna y al Trueno, mi hermano se dirigió a su padre y el mío, el Emperador Topa Inca Yupanqui. Yo estaba presente, pero no tenía edad suficiente para presentarme a las pruebas. Munakuq, que es mayor que yo, aparecía vestido completamente de blanco, con el pelo cortado y llevando una diadema negra, con plumas también negras, sobre su cabeza.

«Se arrodilló delante del Inca: "¡Padre y señor, le dijo, permíteme que no haga el examen!" "¿Cómo es eso, señor Munakuq?", contestó el Emperador que lo amaba tiernamente por su bondad.

»"No deben perforarme las orejas y colocar en ellas los aros con que se distingue a los miembros de la nobleza". El Inca estaba extrañado; Munakuq lo aclaró pronto. "Quiero ser tu más humilde servidor; y amo la libertad. Déjame que aprenda el oficio de chasqui. Yo te traeré todos los mensajes con la velocidad del viento. Cuidaré de que lleguen a ti con rapidez. Para ello debo entrenarme largos años. Si me perforan las orejas, todo el mundo sabrá quién soy; y yo quiero pasar inadvertido para servirte mejor". "¿No deseas títulos ni tesoros?", le preguntó el Inca. "Señor, le contestó, ni todos los tesoros del Curi-Cancha valen lo que vale la libertad."

»El Inca, emocionado por la nobleza del joven, le dio permiso. Al día siguiente desapareció. Él, al que mi padre quería con todo el corazón, que podía haber competido conmigo por la Mascapaicha imperial, renunciaba voluntariamente a todo por servirlo; y por ser libre como el viento.

»Pasaron muchos años; cuando estuvo entrenado fue el primero de los chasquis. Volvió pero nadie supo su identidad, celosamente guardada por un turbante, como el que ha traído hoy, enrollado a su cabeza. Estuvo al lado del Emperador hasta que murió; luego quiso retirarse a cualquier aldea para vivir como un simple campesino. Pero yo no se lo consentí; y le rogué, yo, el nuevo Inca, que se viniera conmigo al palacio nuevo que iba a inaugurar.

»Ha pasado a mi lado treinta y cuatro años, los que

yo llevo como Emperador. Cuando trasladé mi residencia a Tumipampa, me pidió que lo dejara quedarse en Cuzco al lado de Huáscar, al que quiere como a un hijo.»

—Noble señor, dada la condición del señor Munakuq —dijo uno de los Consejeros Imperiales—, puede seguir declarando. Estamos como al principio: no sabemos quién quitó la vida al noble Masa Chupay.

—Yo sí lo sé —dijo Veloz como el Viento, el príncipe Amable—. Se quitó él la vida.

Miró la cara de incredulidad de los presentes.

—Cuando la esclava Curi me alertó de lo que pasaba, salí de Cuzco. Aunque ya mis piernas no son lo que eran, adelanté al noble Ayar, corriendo por atajos que ni él mismo conoce. Vigilaba a los que se llevaban a Coyllur, sin atreverme a intervenir para no poner en peligro su vida.

«Cuando yo había atravesado el puente, aún no lo había hecho el noble Masa. Me escondí. Al pasar el peligro, porque la niña se escapó con agilidad de sus manos, aparecí delante de Masa Chupay y lo inutilicé con los aillos, las bolas que todos conocéis. Una vez estuvo en el suelo, le advertí de lo que le esperaba: lo llevaría delante del Emperador y denunciaría su traición en contra del príncipe Huáscar. Él sabía lo que aquello significaba: sus miembros serían descoyuntados; y, como un vulgar delincuente, desollado vivo.

»En un momento de descuido, sujetando aún con su mano izquierda el alfiler de Coyllur, sacó su tumi de oro y, antes de que yo pudiera evitarlo, se lo clavó en el corazón. Yo me oculté, se oían pasos. El noble

Ayar aparecía en aquellos momentos. Vi su cara de horror, y cómo bajaba, desesperado, tal vez creyendo que le iban a culpar de la muerte del noble, pronunciando su nombre a gritos: "Masa Chupay, traidor", decía, a la vez que con su maza de madera de chonta destrozaba todo lo que se oponía a su paso.

»Cuando se hubo alejado lo suficiente, y yo me disponía a salir de mi escondite, vi cómo se acercaba el joven Huamán; y volví a mi sitio. Salí cuando estuve seguro de no ser observado, arranqué el alfiler de oro de las manos del noble y escondí el cadáver.

»Al poco tiempo volvió a aparecer Ayar; pero yo tampoco me dejé ver, hubiera sido complicar las cosas. Él, obviamente, buscaba el tupu de la niña. Con gesto de preocupación, volvió hacia donde estaba su hija y se encaminaron hacia Cuzco; yo seguía sus pasos a corta distancia. Al cabo de varios días llegamos a palacio; aquella misma noche me introduje en las habitaciones de Coyllur y dejé el alfiler prendido en una de sus capas.

»Atahualpa comenzó a hacer averiguaciones, atosigando a la pobre niña para intentar sonsacarle la verdad. Curi, la esclava, me pidió ayuda; y fui a ver al noble Ayar. Después hablé a mi señor el Emperador y le pedí que advirtiera al príncipe para que dejara de molestar a Coyllur.

»Anoche volví a las dependencias del noble Ayar para tranquilizarlo, un hombre desesperado hace muchas tonterías. Pero en ningún momento supo mi identidad; no creyó que yo podría ayudarlo, pero no dijo nada. Simplemente aceptó lo que más le consolaba.

»El resto ya lo sabéis, nobles señores.»

Se dirigió al sitio que ocupaba y volvió a sentarse en el suelo, después de inclinarse tres veces ante su hermano el Emperador.

Los Consejeros Imperiales, todavía asombrados por las declaraciones, consultaron en voz baja con el Inca; después se volvieron hacia los presentes.

—Dadas las pruebas que aquí se han presentado, y las demostraciones hechas por el príncipe Munakuq, declaramos inocente al noble Ayar del crimen que se le imputaba.

No había apelación posible; lo sabían todos.

Se dirigieron hacia la salida. Antes de llegar, Ayar se dirigió hacia Veloz como el Viento.

—Príncipe Munakuq...

Cortó su discurso con un gesto amable.

—Soy Veloz como el Viento, noble Ayar. No lo olvides nunca. Eso es lo que elegí.

Después se inclinó ante él.

—Que los dioses alarguen tu vida.

Y desapareció entre los laberínticos jardines del palacio.

La partida

L A partida estuvo preparada en pocos días. Yupanqui, ayudado por su criado Hatun, acababa de introducir sus ropas en un gran cesto de mimbre. A su lado, Huamán preparaba también las suyas.

Una larga sombra se proyectó en el umbral; Yupanqui se volvió: Veloz como el Viento estaba en la entrada de la habitación.

—No —le dijo con voz cansada—, no digas nada, querido y viejo amigo de la infancia. Sufrí aquel día por no poder decirte adiós. Después, desde la sombra, he seguido tu vida y la de tu familia, como si de un hermano mío se tratara. Vamos, me voy en tu comitiva, si me lo permites, hasta Cajas. Acompaño al Emperador a Tumipampa. Está viejo y cansado; no vivirá mucho tiempo. Y yo quiero estar a su lado en los últimos momentos.

Después se dirigió hacia Huamán:

—Muchacho, el Inca te envía un mensaje —se empezó a reír—, yo no sé por qué te ha tomado tanto cariño; te ofrece la oportunidad de quedarte para que

aprendas en la escuela de los nobles. Si después de cuatro años superas las pruebas, te regalará un taparrabo nuevo y te hará perforar las orejas.

—Eso quiere decir...

—Exactamente: que a partir de ese momento pertenecerás a la nobleza. ¿Qué me contestas?

Yupanqui habló por él.

—El joven acepta; yo se lo explicaré a sus padres.

—En marcha entonces, señor Yupanqui; de aquí a Tumipampa hay muchos kilómetros.

—Vendrás en mi litera.

—No, el Emperador ha puesto una a mi disposición, sabe que mis piernas están cansadas; pero haremos juntos el camino. Como tantas otras veces, ¿recuerdas?

Yupanqui asintió, feliz de haber encontrado a su viejo amigo.

*　　*　　*

La última noche del tercer mes, «Hatun Pocoy», el de la Gran Maduración (1), moría en Tumipampa el gran Huáyna-Cápac, undécimo Inca del país de los Hijos del Sol.

Se momificó su cuerpo y, en su litera de oro, fue trasladado hasta Cuzco.

En la comitiva se había integrado Veloz como el Vien-

---

(1) Febrero de 1527 en el calendario cristiano.

to. Pero su viejo corazón no pudo resistir ni las largas marchas ni el dolor por la muerte de su hermano. Su cuerpo, una mañana, apareció sin vida a las puertas de la casa de su viejo y querido amigo, el curaca Yupanqui. Esta vez se había querido despedir de él en su largo y último viaje.

Fue enterrado, por orden de éste, con los honores que estaban reservados a los príncipes de las panacas imperiales, en un alto cerro, con la cabeza orientada hacia el Cuzco que él tanto había amado.

Fin

Glosario

NOMBRES COMUNES

acsu, túnica sin mangas que vestían las mujeres.

aillos, bolas, que actualmente usan los gauchos de la pampa argentina, que constan de una cuerda que al final se divide en tres partes, rematadas cada una con una bola de metal. Se lanzaba a los pies de los enemigos con objeto de inutilizarlos.

alpaca, mamífero rumiante de América, de pelo largo, fino y rojizo.

Ama sua, ama llella, ama checkla, «No robar, no mentir, no ser perezoso». Máxima que tenían que cumplir todos los habitantes del Imperio, sin distinción de clases.

curaca, jefe de las aldeas.

curiquinga, pájaro sagrado de los incas. Sus plumas negras servían para adornar los tocados del Sapay Inca.

charqui, carne de llama secada al sol en largas tiras.

chasqui, correos que llevaban los mensajes. Se turnaban cada 2 km y tenían cubierto todo el Imperio, llevando los mensajes al Inca. Fue invención de los chimú.

chicha, bebida alcohólica hecha con maíz fermentado.

chonta, especie de palmera de madera muy dura. Se usaba para hacer armas; y unas espalderas que se usaban en la guerra para impedir que los golpes dañaran la columna vertebral.

chuñu, harina de patata hecha a base de congelar y descongelar el tubérculo, pisándolo hasta convertirlo en harina deshidratada. Duraba muchos años.

estólicas, lanzas en las que se enganchaban las flechas; la parte de abajo tenía un gancho que servía para impulsarlas.

hayl-yi, danza campesina.

inca, nobleza. El primer estadio de ella lo formaba la familia imperial.

Inca, Emperador, el Inca Supremo.

llama, mamífero rumiante de América meridional. Era muy apreciada por su lana, como alimento y como bestia de carga. Cada campesino tenía una pareja y tenían prohibido matar a las hembras.

llamaya, danza de los pastores.

Mascapaicha, símbolo imperial. Trenza de colores que daba varias vueltas a la cabeza.

osño, asiento de oro macizo. Sólo lo usaba el Inca.

pachaca-curaca, persona que tenía a su cargo a cien hombres.

panacas, señoríos de las familias imperiales. La de Hurín Cuzco, la parte de abajo, era la panaca imperial de Huáscar; la de Hanán Cuzco, la parte de arriba, la de Atahualpa.

piroros, flautas hechas con huesos humanos o de jaguar.

porotos, frijoles, judías, alubias.

puna, tierras secas y frías, situadas entre 3 000 y 5 000 m de altura, según la latitud.

púric, campesino.

quena, flauta que tenía de 2 a 6 notas.

quipu, cuerdas de colores, según los temas de que se trataran, que servía para suplir la escritura y para hacer cuentas. Se hacían nudos en ellas.

quipu-camayoc, lector de quipus. Su aprendizaje duraba varios años y era una de las asignaturas que tenían que superar los aspirantes a la nobleza.

rucana, tribu sojuzgada por los incas. Se dedicaron a transportar las literas del Inca y los nobles, dada su fuerte complexión.

sinchis, valiente. Nombres dados a los generales de Atahualpa, Quisquis, Rumiñahui y Calkuchimac.

Sopay, espíritu maligno.

tampo, albergues. Estaban situados cada 20 ó 30 km, según la fragosidad del terreno. Formaba parte de los impuestos que los pueblos más cercanos a ellos tenían que pagar. Estaban siempre repletos de charqui, taquia y chuñu, para que los viajeros que pasaban por allí pudieran descansar. El Inca tenía los suyos propios.

taquia, excrementos de llama. Servía como combustible.

tumi, cuchillo que usaron primero los chimú, sus inventores. Servía para sacrificar a las llamas; luego su uso se extendió a otros quehaceres. Podía ser de oro o de cobre.

ucumari, oso que tenía círculos blancos alrededor de los ojos.

yachapa, maestro.

yachapakuq, aprendiz.

NOMBRES PROPIOS

Los incas bautizaban a las personas con nombres de cosas o animales que mejor definieran su carácter. También con adjetivos.

Arihuaquis, mes de la «Danza del Maíz Joven» (abril).

Ayri, hacha de guerra.

Ayar (sin acepción definida).

Coya, emperatriz.

Coyllur, estrella.

Curi, oro.

Curi-Cancha, recinto de oro.

Chinchaycoya, lago del Perú, cerca del cerro de Pasco, 1 148 km^2. Actualmente también se llama Junín.

Hatun, grande.

Hatun-Pocoy, mes de «La Gran Maduración» (febrero).

Huamán, halcón.

Huanacauri, cerro donde subían los aspirantes a la nobleza para hacer las pruebas del examen.

Huáyna-Cápac, joven cadete. Nombre dado al undécimo Inca, padre de Huáscar y Atahualpa.

Illapa, dios del Rayo.

Inti, sol.

Inti-Pampa, Campo del Sol. Estaba situado en el Curi-Cancha, el Recinto de Oro.

Inti-Raymin, fiesta del Sol. Se celebraba coincidiendo con el solsticio de invierno.

Mayta (sin acepción definida).

Masa Chupay (sin acepción definida).

Munakuq, amable.

Pacha-Pucuy, mes de «Las Vestiduras de las Flores» (marzo).

Pangui (sin acepción definida).

Sapay Inca, Inca Supremo, el Emperador.

Tika Sumaq, flor hermosa.

Wayra Sipikuq, literalmente, Viento Veloz. Para hacer la imagen más plástica se ha traducido por «Veloz como el Viento».

Yupanqui (sin acepción definida).

Taller
de lectura

alta/Mar

1. Una sociedad piramidal

1.1. El libro que has leído es una novela con fondo histórico. Comienza con una introducción donde la autora expone brevemente la historia de los Incas.

Vuelve a leer estas primeras páginas y resume las características más destacadas de los incas (usa tu cuaderno).

1.2.

El más poderoso

El trabajador

La sociedad sobre la que gobernaba el Inca estaba fuertemente jerarquizada. Escribe en este esquema piramidal los nombres de los grupos sociales por orden de importancia.

1.3. ¿Cuál era el mayor pecado que podía cometer un campesino?

....

....

1.4. Observa el mapa que figura al principio del libro y compáralo con uno actual de América. Sitúalo dentro del actual.

¿Qué naciones corresponderían al antiguo Imperio de los Incas?

....

....

....

1.5. Según los datos que expone la autora en la introducción del libro, escribe quién era el Inca supremo y qué cualidades y poderes reunía.

....

....

....

2. La lengua quechua

La lengua quechua fue el vínculo de unión entre todos los pueblos dominados por los Incas.

2.1. Observa, en el capítulo 1, todas las palabras de origen quechua que aparecen. Elimina los nombres propios.

Haz una lista y explica su significado (encontrarás ayuda en el pie de página).

....

....

....

....

....

2.2. Resume brevemente lo que hizo Huamán en el capítulo 1 después de *«ver que se había roto una cuerda de cabuya»* que sostenía la pasarela.

....

....

....

....

....

2.3. Infórmate sobre qué otros imperios hubo en América antes de llegar los españoles. Escribe también qué lenguas hablaban.

Imperio   Lengua

....

....

....

....

....

....

2.4. La palabra *llama* tiene varias acepciones en el diccionario.

Cópialas y subraya solamente la que es *idónea* para el libro que estás comentando.

• ....

....

• ....

....

• ....

....

3. Cuánto tiempo pasó

Uno de los elementos imprescindibles en las novelas es el tiempo. Los hechos que se relatan transcurren sucesivamente.

3.1. ¿Cuánto tiempo transcurre desde que Huamán cruzó el puente colgante hasta que termina el capítulo 1? ¿Cómo lo sabes?

....

....

3.2. Enumera por orden *cronológico* los sucesos más importantes de este capítulo:

1. ....

2. ....

3. ....

4. ....

5. ....

6. ....

7. ....

8. ....

9. ....

10. ....

3.3. La palabra *«tiempo»* la usamos con dos significados:

«Hace mal *tiempo»* (clima).

«Pasó mucho *tiempo»* (sucesión de hechos).

Busca en el capítulo 1 frases en las que se haga referencia al tiempo con estos dos significados.

1. ....

   ....

2. ....

   ....

3.4. Observa estas frases del capítulo 1 que hacen referencia a *«tiempo»:*

«Cuando la tarde palidecía…»

....

«Al poco rato estaban dormidos.»

....

«Al momento volvió a repetirse.»

....

«Cuando el sol aparecía en el horizonte…»

....

«Faltan varias horas para que amanezca.»

....

Cambia algunas palabras y escribe lo que quieren decir las anteriores expresiones.

4. Mensajes sin letras

La rotura del puente era un suceso importante que suponía un peligro y precisaba de una urgente reparación.

4.1. Completa los siguientes textos. Procura releer el capítulo 2 y encontrarás las respuestas:

- Pangui era el viejo lector de ....
- Huamán y su padre le comunicaron un ....
.... urgente.
- Pangui extendió el quipu y buscó el ....
.... de las cuerdas referidas a aquel tema.
- Las hábiles manos del anciano convertían en ....
.... el mensaje que le estaba comunicando.

4.2. Copia entero el mensaje que entregaron al correo con destino al gobernador.

....

....

....

....

....

....

4.3. Imagínate cómo serían los quipus y descríbelos.

....

....

....

....

....

4.4. ¿Qué repercusión tuvo el mensaje que Huamán envió al gobernador en el pueblo de Cajas?

....

....

....

....

4.5. La lectura que hacían los habitantes del Imperio Inca sobre los quipus tenía un código distinto al nuestro. Se basaba en nudos y en colores.

Invéntate un mensaje basado en este código. (Puedes hacerlo en grupo.)

....

....

....

....

5. Recursos literarios

Al acierto de elegir un tema histórico de tanta belleza la autora de *Enigma en el Curi-Cancha* ha sumado el acierto de bellos recursos literarios. Explica los que siguen y di qué clase de recursos son:

5.1. «*Muchas lunas pasearon por el cielo, apareciendo y desapareciendo a sus ojos, mientras duró el viaje*» (cap. 3).

....

....

5.2. «*El sol incidía en las paredes de los grandes edificios recubiertos de gruesas láminas de oro, refulgiendo con mil destellos que hacían parecer un gigantesco incendio toda la ciudad*» (cap. 3).

....

....

5.3. «*La mirada helada del noble le hizo temblar como un tallo*» (cap. 3).

....

....

5.4. Describe los jardines que recorrieron Huamán y Mayta al llegar a Cuzco. Procura utilizar recursos literarios.

....

....

6. Una ciudad de ensueño

«La ciudad de Cuzco, capital del Imperio Inca, era una maravilla jamás imaginada por Huamán.»

6.1. Haz un dibujo de la ciudad basándote en las descripciones y en los detalles del capítulo 4. (Usa tu material de dibujo.)

6.2. Un esclavo explicó a Mayta y a Huamán cómo eran los *tocados* que distinguían a todas las tribus. *«Tan distintos unos de otros que, aunque se reúnan quince mil hombres delante del Emperador, él sabe perfectamente a qué tribu pertenecen.»*

Busca este texto en el capítulo 4 y escribe cómo son los distintivos de algunas de estas tribus.

....

....

....

....

6.3. La *«Mascapaicha»* era el símbolo imperial.

¿De qué se trata? Describe con todo detalle la cabeza del Emperador. (Haz un dibujo en tu cuaderno.)

....

....

7. ¿Leyenda o historia?

El libro *Enigma en el Curi-Cancha* tiene elementos legendarios y elementos históricos. Algunos personajes y sucesos que aparecen en sus páginas están presentes en documentos que atestiguan su historicidad.

7.1. Infórmate sobre los personajes de Atahualpa y Huáscar que se citan en la conquista del Perú por Francisco Pizarro. Haz un resumen de tus averiguaciones.

....

....

....

7.2. Explica las diferencias que existen entre leyenda e historia.

....

....

7.3. Haz una lista con los nombres de personajes. Los que correspondan a Incas escríbelos con letras mayúsculas. (Puedes buscar información en el glosario de «Nombres propios» que aparece al final del libro.)

....

....

....

8. La mejor propaganda

«El Emperador estaba satisfecho. Estos jóvenes, cuando volvieran a sus aldeas, se desharían en elogios hacia su persona, el sagrado Hijo del Sol. Era la mejor propaganda que se podía pensar.»

8.1. ¿Por qué crees que los jóvenes recibidos por el Emperador harían propaganda de él?

....

....

....

....

8.2. ¿De qué manera se distribuía el contenido de las arcas imperiales? (cap. 4).

....

....

....

8.3. ¿En qué consistió la fiesta que el Emperador ofreció a los jóvenes de las diversas tribus?

....

....

....

....

9. Los indios... de «las Indias»

Como ya sabrás, los descubridores y conquistadores de América confundieron aquellas tierras con la India. Por ello, a sus habitantes los llamaron indios, y al continente, las Indias.

9.1. Busca en revistas y en fotografías imágenes de *«amerindios»* o indios de América. Recorta, pega, escribe... Haz un mural donde expliques de dónde son y qué rasgos conservan de la raza primitiva. (Puedes trabajar en equipo.)

9.2. Busca información y escribe los nombres de distintas clases o razas de indios.

Raza (nombre)	Lugar de ubicación
....	....
....	....
....	....
....	....

9.3. Seguramente habrás visto películas de «indios». ¿Qué te parece el trato que se dio a estos grupos indígenas de América, según se aprecia en el cine?

....

....

....

10. Veloz como el Viento

Este personaje aparece en el capítulo 5 y permanece hasta el final de la historia.

10.1. ¿Quién le puso ese nombre y por qué?

....

....

....

10.2. ¿Por qué se mostró tan amable con el joven Huamán?

....

....

....

....

10.3. Cuando Yupanqui, el padre de Mayta, vio a «Veloz como el Viento» le recordó a un amigo de la infancia. ¿De quién se trataba?

....

....

....

....

....

10.4. Al final de la novela se descubre quién es *«Veloz como el Viento»*. ¿Podrías adelantar su verdadera identidad?

....

....

11. Personajes femeninos

Aunque los protagonistas de este relato son dos jóvenes varones, Huamán y Mayta, también aparecen personajes femeninos como las madres de los niños, y otros con nombres propios. ¿Sabrías explicar quiénes son…?

11.1. Coyllur es ....

....

Curi es ....

....

11.2. ¿Quién es la «Coya»?

....

....

11.3. *«Al lado de Atahualpa, una preciosa chiquilla de no más de doce años…»* (cap. 4).

¿Quién era esta niña?

....

12. El Curi-Cancha

El Curi-Cancha o recinto de oro era el lugar más admirado de Cuzco. Tenía más de cuatrocientos años, según las explicaciones de Yupanqui a los niños.

12.1. Dentro de sus muros de piedra tenía seis grandes edificios.

Completa lo que falta:

1. El .... del Sol.

2. El templo de ....

3. El templo de las ....

4. El .... del Rayo.

5. El templo de la ....

6. El .... del ....

12.2. En el centro del recinto estaba el Inti-Pampa o

....

....

12.3. Describe, con el mayor número de detalles posible, cómo era el Curi-Cancha (cap. 7).

....

....

....

12.4. ¿Por qué pensaban los jóvenes que las generaciones futuras no se explicarían tanta maravilla en el templo sagrado?

....

....

....

Los topónimos, o nombres geográficos, aparecen en *Enigma en el Curi-Cancha* con frecuencia. Algunas ciudades mencionadas en la novela continúan su presencia en los mapas de la América actual.

13.1. Haz una relación de topónimos aparecidos en el libro que comentamos.

....

....

....

13.2. Dibuja un mapa de América y colorea el espacio limitado por las fronteras del Imperio Inca. (Usa tu cuaderno.)

13.3. Colorea de amarillo sobre un mapa de América todas las zonas descubiertas y conquistadas por los españoles.

13.4. Escribe sobre el mismo mapa los nombres (topónimos) que se conservan de la época india, o sea, antes de la llegada de los conquistadores.

(Infórmate o consulta tus dudas antes de realizarlo.)

14. Un léxico específico

El vocabulario que usa cada sujeto hablante está enriquecido por los términos de su profesión o de sus estudios.

14.1. En el capítulo 9 Coyllur y sus profesor hablan sobre un juicio y utilizan términos adecuados al tema. Busca los siguientes vocablos y resume la conversación entre la niña y su maestro:

Delitos, juicio, sentencia, dictar, jueces, apelación, tribunales, Consejo, condenar, confiscación, destitución, amonestación.

....

....

....

....

....

....

....

14.2. Copia las palabras anteriores en tu cuaderno y escribe una frase con cada una de ellas.

14.3. Intenta escribir palabras específicas de una profesión que elijas.

....

....

....

15. Americanismos

El descubrimiento y la colonización de América pusieron el idioma español en contacto con las numerosas lenguas del Nuevo Mundo. Los primeros contactos se establecieron en las Antillas, Venezuela, Colombia y Brasil.

15.1. Infórmate:

Pinta de color los cuadros que encierren palabras de origen americano (americanismos).

huracán	guacamayo
camisa	canoa
cacique	enaguas
fútbol	gorila
maíz	caribe
cohete	elefante
colibrí	caníbal

15.2. Otros principales focos de contacto con las lenguas indígenas, Méjico y el Imperio Inca, enriquecieron nuestro idioma con multitud de vocablos.

Tacha los que no procedan de América:

— hule	— cóndor
— tomate	— alpaca
— chocolate	— vicuña
— cacahuete	— pampa
— cacao	— chacra
— aguacate	— cancha
— jícara	— papa
— petaca	— puna
— petate	— pistola
— naranja	— paraguas

16. No robar, no mentir, no ser perezoso

La primera regla que debían observar todos los habitantes del Imperio era ésta: «*No robar, no mentir, no ser perezoso*» (cap. 10).

16.1. ¿Cómo pudo cumplir Huamán la norma de no mentir si dijo que no había visto en Cajas al noble Ayar?

....

....

....

....

16.2. ¿Por qué no podía asegurar el muchacho que el noble Ayar había matado a Masa Chupay?

....

....

....

16.3. Resume la declaración que hizo Ayar en el juicio.

....

....

....

17. A través del tiempo

En la novela *Enigma en el Curi-Cancha* el tiempo transcurre a lo largo de once capítulos.

17.1. Explica razonadamente cuánto tiempo pasa del principio hasta final.

....

....

17.2. Busca en el capítulo 2 cuántos días tardaron los indios en terminar la cuerda del puente. Copia la frase que lo dice.

....

....

17.3. El tiempo de la Historia en que pudo suceder este relato se puede averiguar con facilidad a partir de personajes y hechos históricos.

Investígalo y explica cómo lo has conseguido.

....

....

....

18. El espacio en la novela

Todo cuanto sucede en *Enigma en el Curi-Cancha* se mueve dentro de un escenario. Hay lugares y desplazamientos que se mencionan con exactitud.

18.1. Haz un gráfico donde se localicen los lugares y los desplazamientos que se mencionan en el libro. (Usa tu cuaderno.)

19. Comentario final

Vamos a intentar resumir el comentario del libro en tres apartados: estructura, género y recursos.

19.1. Sobre *la* estructura. Tacha todo lo que no sea cierto.

Enigma en el Curi-Cancha es una novela.	Sí No
Está estructurada en 11 capítulos.	Sí No

Tiene, además, una introducción, un epílogo, un glosario, una lista de nombres propios y un mapa del Imperio Inca. **Sí No**

En el primer capítulo hay un asesinato que descubre el joven protagonista. **Sí No**

En el último capítulo no se descubre quién fue el asesino. **Sí No**

En los restantes nueve capítulos se complica la acción hasta averiguar por qué se produjo el homicidio. **Sí No**

El núcleo de cada capítulo podría ser éste:

Capítulo 1: Muerte de Masa Chupay en Cajas. **Sí No**

Capítulo 2: El arreglo del puente. **Sí No**

Capítulo 3: Viaje a Cuzco. **Sí No**

Capítulo 4: La entrega de premios. **Sí No**

Capítulo 5: Ayar persigue a Huamán. **Sí No**

Capítulo 6: Las Vírgenes del Sol. **Sí No**

Capítulo 7: Una visita al Templo del Sol. **Sí No**

Capítulo 8: La gran fiesta. **Sí No**

Capítulo 9: Preparativos del juicio. **Sí No**

Capítulo 10: Se celebra el juicio. **Sí No**

Capítulo 11: La separación. **Sí No**

Si no estás de acuerdo en algún núcleo, escribe tú el título o tema que mejor resuma el capítulo.

19.2. El género en el que podemos clasificar *Enigma en el Curi-Cancha* es el de la épica en prosa. Dentro de éste, escribe a qué subgénero pertenece. Infórmate en libros o preguntando. Razona la respuesta.

....

....

....

....

19.3. La autora, Juana Aurora Mayoral, decíamos al principio, ha jalonado el libro de bellos recursos literarios: personificaciones, comparaciones, metáforas... Busca cinco de entre los muchos que existen en el libro y cópialos. Explica de qué recursos se trata.

• ....

....

• ....

....

• ....

....

• ....

....

• ....

....

Índice